后龙村人提着鸟笼走下山来　李彩兰/摄

房前屋后的牛心李花　李德勋/摄

打柴归来的后龙村人　罗南/摄

竹篾编成的墙，村民称为笆折墙　罗南/摄

后龙村遍地黑黢黢的石头，玉米只能种在石头缝里　罗南/摄

从石头里砸出来的后龙村路　罗南/摄

去九银家需要攀岩　黄桂枝/摄

盘卡屯的路　罗南/摄

走盘卡屯的路，把鞋子都走开口了
罗南/摄

去陇茂屯往返需要九个小时，攀岩时指头要死死抠进石缝里
黄桂枝/摄

九银在去往陇茂屯的山壁上搭起木梯　罗南/摄

后龙村群众投工投劳一起修路　李彩兰/摄

于洋到陇金屯动员村民搬迁　郁再传/摄

刘贵礼和联系户一家人　韦昌飞/摄

进陇金屯的路全是芭茅草　韦昌飞/摄

刘贵礼入户帮村民收集材料申请惠民政策补助
罗宗远/摄

驻村工作队"直播"为村民推销农产品（左起：农建坤、刘贵礼、于洋、石浩宇）　李美欢/摄

启芳家的笆折房　罗南/摄

启芳家的新房客厅　江了了/摄

启芳家成为新旧住房对比点
罗南/摄

启芳家新旧房挨在一起　江了了/摄

凌云县新农合医疗项目全覆盖,群众就医有保障。
2020年8月2日,村民来到凌云县人民医院住院治疗
李乃松/摄

2020年1月,后龙村驻村工作队及村两委干部接受上级的慰问 罗宗远/摄

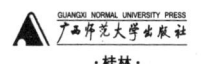

后龙村扶贫记

罗南 著

广西师范大学出版社
·桂林·

后龙村扶贫记
HOULONGCUN FUPIN JI

出版统筹：罗财勇
编辑总监：余慧敏
策划编辑：梁文春
责任编辑：梁文春　朱筱婷
责任技编：姚以轩
营销编辑：薛　梅　花　昀
封面设计：郑元柏

图书在版编目（CIP）数据

后龙村扶贫记 / 罗南著. --桂林：广西师范大学出版社，2021.7
ISBN 978-7-5598-3822-3

Ⅰ．①后… Ⅱ．①罗… Ⅲ．①散文－中国－当代 Ⅳ．①I267

中国版本图书馆 CIP 数据核字（2021）第 093771 号

广西师范大学出版社出版发行

(广西桂林市五里店路9号　邮政编码：541004)
网址：http://www.bbtpress.com
出版人：黄轩庄
全国新华书店经销
广西广大印务有限责任公司印刷
（桂林市临桂区秧塘工业园西城大道北侧广西师范大学出版社集团有限公司创意产业园内　邮政编码：541199）
开本：787 mm × 1 092 mm　1/32
印张：9　　插页：12　　字数：190 千
2021 年 7 月第 1 版　　2021 年 7 月第 1 次印刷
定价：56.00 元

如发现印装质量问题，影响阅读，请与出版社发行部门联系调换。

目　录

|第一章|

美宝 / 1

|第二章|

然鲁 / 37

|第三章|

氏努 / 73

|第四章|

小蛮 / 101

|第五章|

玛襟 / 131

| 第六章 |

启芳 / *165*

| 第七章 |

启和 / *189*

| 第八章 |

九银 / *217*

| 第九章 |

迈囊 / *255*

| 后　记 |

我们，他们 / *279*

美 宝

| 第一章 |

| 一 |

我知道罗夜,包括他的眼睛。那双眼睛,在1995年的春天被异物进入——或许是一只小飞虫,又或许是一粒沙尘,谁知道呢,没有人能看得清这些突如其来的小东西。那个时候,罗夜弯着腰在地里种玉米,土很薄,稍不注意就会挖到石头,闪出火星,震得人虎口发麻。如果运气再坏一些,锄头还会因此卷了刃,或是缺一个口。当然,这种事除了罗夜,几乎不会发生在别人身上。后龙村的人种这块地,种了上千年,那些泥土和石头早就长进记忆,变成肌肤上的纹理,他们只需抡起锄头,就能恰到好处地锄开一个坑,点种下三两粒种子。

罗夜伸出一只手揉眼睛的时候,并没有想到,一个多月后,他的双眼会看不见。他以为像往常一样,那异物会跟着泪水自己掉出来。罗夜一连揉了几天，异物却像是长出根须，从他的一只眼睛攀爬到另一只眼睛。罗夜只觉得双眼越来越痛，泪水越流越多，眼睛之外的东西越来越模糊，直到有一天，他的眼前只剩下大片大片的黑暗。罗夜从没想过去医院，在后龙村，谁会因为一只小飞虫，或一粒沙尘掉进眼睛跑去医院呢，比这更大的病痛都没人会去。

我来到后龙村的时候，正是春天，罗夜坐在家门前，对着一棵李子树发呆，星星点点的花蕾从他跟前的树干爬过，粉粉白白地开了一树。走近了，才看到两只鸟笼，挂在树枝上，两只画眉鸟在笼子里上下跳跃，这只鸟叫一声，那只鸟应一声。

村支书然鲁说，这是县文联主席罗南，你的帮扶干部。罗夜转过头，痴望着不知什么地方。也许是人太多，他捕捉不到一个陌生人的气息。我走近，抓起他的手，放到我手上，说，我是罗南，我就在你面前呢。罗夜说，哦，原来是你呀。他的眼睛像在望着我，又像是在望着我身后不知处的远方。其实我知道他什么都看不见，既看不见我，也看不见远方。只是，此后，我的声音将代替我的五官，出现在他的黑暗里。

美宝不在家，她养的鸡在我们脚边旁若无人地走来走去，一只公鸡，四只母鸡，全都是鲜亮得惹眼的毛色。三只小奶狗被拦在屋里，两只前爪不停地刨着一尺来高的门槛，朝我们呜呜叫。我们坐在李子树下聊天，聊他的两个儿子，聊美宝。罗夜的声音很响，打到树上，雪白的李子花纷纷扬扬落下。其实是风，只不过他声音太大，让人感觉花是被他打落的。

罗夜的两个儿子，如一和如二，一个在广东打工，一个在县里读职业技术学校，美宝忙着家里的土地和山林，早出晚归，因此，这个家大部分时间，便只有罗夜一个人待着。罗夜说，以前一天很短，都不够上山追一只画眉鸟，现在一天很长，总像是怎么用也用不完。没有了眼睛，罗夜的日子便只剩下等了，等着上午过去，等着下午过去，等着美宝从山上回来。

没有人知道，罗夜内心里的惶恐。黑暗是罗夜一个人的黑暗，没有人能代替得了他。人们只是渐渐习惯罗夜变成一个瞎子，又渐渐习惯这个瞎子会熟练做饭菜——他甚至能把猪菜，砍得比他明眼时还要细碎均匀。

罗夜说话的时候，脸一直仰着，那双没有光泽的眼越过我们头顶，落到高高的李子树上。那是牛心李，他们家猪圈后面还有几棵，等到六月份果子成熟，美宝就会打下来，背到县城卖，只是挂果不多，顶不上数的。

罗夜一遍又一遍诉说日子的艰难，那些生活刺向他的刀，他都要说给他的帮扶干部听。我自然是知道这些的，来之前我就做足了功课，我还详细知道这个村子其他四户人家的事，他们都是我的联系户。尽管有备而来，罗夜的话仍让我感觉压抑，那是一种很深的压迫感，仿佛他将许许多多的刃砌成墙，然后站到一旁等着看我如何将墙推倒。罗夜想立马得到答案，那些肯定或否定的答案，此时此刻就要从我嘴里说出来。我有些无措，无法掩饰那些刃带给我的无力感，也不知道用什么语言去接上他的话，只好沉默着。

然鲁坐在一旁，低头抽烟杆。他双颊一陷，烟雾从嘴里喷出来，弥漫到脸上。我看不清他的表情。——也或许，他根本就没有表情。这个村子，他看了60多年，还有什么刃是他看不到的？那些年长于他的人慢慢故去，那些年少于他的人慢慢长大，所有的人和事，像韭菜，一茬接着一茬，在他眼前枯萎或生发。他太熟悉这里了，我甚至怀疑，他能清晰数出每个人身上的疤痕来历。

我已经有十来年没见到然鲁了。有一段时间，我几乎天天往他家跑，他母亲，88岁的玛襟，会唱最古老的背陇瑶迁徙歌。——我喜欢这些东西，深藏在层层叠叠时光之下的民间文化，最古老的歌谣，最古老的传说，最古老的习俗，它们暗藏着一个民族前世今生的密码，从一代又一代人的嘴里流出来，让我痴迷。玛襟和然鲁一样，走到哪儿都带着烟杆，摩擦得油亮光滑的黄铜烟嘴，让人轻易就跌进时光深处。

几天前,我在村部见到然鲁,他笑眯眯地说,你的村也在这里呀。我们都喜欢把各自联系的村称为"我的村"。能和然鲁同一个村,我很开心。然鲁爬坡快得像兔子,我们一起进山走访贫困户时,他常常越过我,三下两下跳到坡顶,然后坐到一块大石头上,吸着烟杆等我。然鲁的脚步慢不下来,他没法像我们,一步一步踩着石头走。这些石头他走了60多年,便像是嵌进脚板里,根本慢不下来。——我们,这里指的是后龙村的后援单位、第一书记、驻村工作队、村两委,我们是一个整体,后龙村是我们的村。我们常常翻山越岭,走村串户,遍访全村24个自然屯,住房、饮水、教育、医疗、交通、产业,我们筛了一遍又一遍,生怕漏掉了什么,错过了什么。

然鲁的话,瞬间消解我与他之间中断的十几年光阴,仿佛我们昨天刚见过面,玛襟还站在家门前朝我微笑。

我们又聊起美宝,这个时候,似乎除了美宝就没有什么能聊的了。我对罗夜说,你还好,讨得那么好的老婆。他便咻咻地笑,说,她结扎了呀,跑出去也没人要了。我的心被刺了一下,一个模糊的女人身影,倏地从我脑里闪过,那是美宝。

在罗夜眼里,这个做了节育手术的女人,就像被剪了翅膀的鸟儿,再也飞不出他的家门,喏,就像笼子里那两只画眉鸟，山高水远，再也跟它们没有关系了。

然鲁把烟杆往鞋跟敲敲，抖出残余的烟渣，慢条斯理地说，那是人家良心好，结扎就没人要啦？大把想讨老婆却没讨到的人。罗夜便闭上嘴，不再说话。

我看出来了，罗夜有些怕然鲁。后来才知道，原来美宝是然鲁的妹妹。

在这之前，我曾无数次进出后龙村，从没留意过那么多的刃，那时候太年轻，目光忙碌，看不见粗粝的东西，等到脸庞终于不再青葱，身旁的热闹日渐稀疏，目光开始沉静下来，这才看到许多过去不曾看见的柔软和坚硬。

凌云县是国家级深度贫困县，而后龙村是其中的贫中之贫，全村2269人中就有2038人是贫困人口，贫困发生率居广西全区之首，是广西最贫困的村之一。——这是看数据对比之后才知道的，就像小时候天天吃玉米，有一天邻居家给了一碗大米，才知道玉米比大米硬了那么多。县委书记伍奕蓉说，我们啃的是块最硬的骨头，拿得下后龙村，就没有什么是拿不下的了。

现在回想起来，从2015年开始，扶贫工作就跟以往不一样了。只是当时我仍懵懂，尽管和同事们一次次走村串寨，入户实地调查农户的生活状况，却没意识到，扶贫工作已从"大水漫灌"变成"精准滴灌"——这两个词，在后来的新闻报道里常见到,而我们使用更多的是"精准":精准识别,精准帮扶,精准脱贫。

真正意识到扶贫工作的不同是在2016年,那年春天,全县每一位干部职工都有了自己的帮扶联系户。伍奕蓉书记和莫庸县长,更是把自己的联系点放到最贫困最艰苦的地方。

像铺开一张密实的网,县委常委领导包乡镇、县领导包贫困村,中、区、市、县直128个单位与全县105个行政村结成帮扶对子,5952名领导干部职工与全县17022户建档立卡贫困户结成帮扶对子。——县四家班子、乡镇、后援单位、第一书记、驻村工作队、村两委、帮扶干部,层层覆盖到每一个村落。在书记县长越拧越紧的发条里,我们能清晰体会到:精准,它的另一层含义,是绝不漏掉一个贫困户。

伍书记说这句话的时候,我就坐在会议室最后一排,我的周围和前面是全县95个后援单位的负责人,更前面是16个脱贫攻坚战指挥部专责小组组长,还有全县57个贫困村的驻村第一书记。——那都是些青葱的面孔。我的目光望向窗外,木棉花从几幢楼房中间伸出来,一直燃烧进我眼里。我突然想起玛襟,她坐在火塘边给我唱《背陇瑶迁徙古歌》,火焰伸出红舌头,舔得屋子里暖烘烘的。玛襟的眼睛长久停留在那些红舌头上,随后微微一眯,苍凉的歌声就从嘴里流出来,变成一条长长的河流,奔向她的族人最初来时的地方。

玛襟从来说不清那个地方，她只知道那个名叫巴拉山的故乡很遥远。她的族人从那里出发，攀过许多座山，穿过许多条河，他们朝着东南方向一路行走，沿途不断有人停下来，变成一粒种子，播种到地上，很多年后，从巴拉山朝东南方向，一路都有背陇瑶人。玛襟的先祖一直走一直走，也不知道走了多少年，有一次，他们乘坐的船被风浪打翻，差点葬身海底，后来，是一个名叫美宝的姑娘救了他们。

后龙村有许多名叫美宝的姑娘，也许《背陇瑶迁徙古歌》流经的地方，都有许多名叫美宝的姑娘，就像春风吹过之处，春雨洒落之处，树木抽发出来的枝芽。

| 二 |

我到罗夜家门前时，已是晚上九点多，雨在我身后下得声嘶力竭。进入五月，凌云的天气变得不可捉摸起来，雨会突然到来，突然离去。就像今晚，原先一点下雨的迹象都没有，等到我们的车辆行驶到半路，雨便不依不饶地下了起来。罗夜听见我拍门喊他的名字，在屋里说，是罗南来了。我听见一阵脚步声，有人来开门，然后就看到了美宝。这是我第一次见到美宝。

罗夜坐在饭桌前，端着一只碗，不时抿一口。我闻到是酒。他说，你吃饭呀？我说，吃呀，正饿着呢。便一屁股坐到桌边。我是真的饿了，晚上八点多，我还在办公室加班，同属后援单位的法院小杨打电话说，他们要下村了，我便关了电脑，飞奔下去跟他们会合。几乎每一次下村，我都蹭他们的车——有时候是小轿车，有时候是摩托车。我们从崎岖的山路穿过，天气晴好时，就会看到繁星，从我们头顶漫无边际地铺展开去。

白天的后龙村是空的，村子里只稀稀落落走动一些老人和孩子。那些壮年的男人女人，像候鸟，飞向全国各地，分散进工厂或工地里，只在过年那几天才飞回来稍做停留。没有离开的壮年男女，则潜进山里，打理祖上留下来的单薄土地，只有天落黑，才会转回家来，因此，我们大多在晚上进村。

美宝显然没料到我会真吃，她站立不动，搓着双手，为难地说，饭菜是早上剩下的，剩得多，晚上就没煮新的了。美宝身上带着很重的湿气，像是刚刚从屋外走进来。

我说，没事没事，有得吃就不错了。美宝便帮我盛饭，很大的碗，很冒的饭，堆得像山。罗夜面前的汤碗里漂着三块白晃晃的肥肉，美宝把它们捞上来，全放到我碗里。我望望罗夜，美宝说，他吃过了。罗夜便说，你吃你吃，我吃过了。罗夜又说，你喝酒吧？我吓了一跳，连忙说，我不喝的，我过敏。罗夜便哈哈笑。

我是真的怕了后龙村的酒。上个月，我们去村里普访，天已黑了，我们打着手电筒，每走到一户人家，主人家就提来一塑料壶的玉米酒，也许是20斤装的吧，倒进一只大碗里。他们杵在门口，说很多很多的话，那么多理由，让人觉得不喝下那碗酒，就没有脸走进这个家的门。海大的碗，看得人眼睛痛。刘贵礼说，这是后龙村的习俗，要进这个家，先得过一碗酒。刘贵礼是县法院选派的驻村工作队队员，他在村里待很久了，知道这些。

我想起有一次在然鲁家，男人们坐到桌边便不动了，酒从中午喝到晚上，喝到高兴时，还走到路边，每看到一个打这路过的人，都要拉进来一起喝。一桌的男人坐在一起，也不像汉族人那样大声夸气地猜码，而是漫无边际地聊天，一堆话赶出另一堆话，酒便一碗碗灌下肚。我坐到一旁，看着一碗又一碗酒被他们喝光又被他们倒满，只觉得时间无比漫长。玛襟说，你也喝，我同你喝。我笑着摇头，她便也笑。她一定还记得我刚来她家时，然鲁也是这样，端着一碗酒杵在门口，我喝下那碗酒后，蹲在地上，哭得一塌糊涂。那时候真年轻呀，第一次进瑶寨，就被酒吓到现在。

背陇瑶的男人女人几乎都会喝酒，玛襟说，那是因为山里湿气重呀，林子里毒蛇猛兽又那么多，背陇瑶先祖从遥远的巴拉山迁徙而来，攀过那么多高山，钻过那么多密林，酒是不能离身的。

没有然鲁在身边，罗夜显然放松了很多，他喝着酒，刺咧咧地说话。罗夜的话很多，一句攀着一句，密匝匝地将人缠进去。美宝坐在一旁编背篓，不时一眼一眼地望向我们。这个50来岁的女人，笑容羞涩，她显然是拘谨的，每望过去一眼，都看到她僵着身子，将腰弯成一张弓。竹篾在她面前，已长成背篓最初的样子，她双手来回穿梭，竹篾便一圈圈长上来。她身上翠绿色的斜襟上衣很打眼，三道色彩斑斓的阑干[1]从衣领处曲折镶嵌到前襟、袖口，硕大的银圈耳环吊下硕大的塑料红圈，再吊下红黄蓝绿紫小珠子串成的流苏，在脸侧一晃一晃的，两只粗重的手镯叠戴在腕间，不时咣啷碰击轻响。这样的装束其实是古老的，我看过一本记载有背陇瑶的书，民国十八年（1929）出版的《广西凌云瑶人调查报告》，国立中央研究院社会科学研究所的几个专家，从北京千里迢迢来，在后龙村待了三天三夜，拍摄下不少照片，近百年之前的装束，和美宝身上的一模一样。这些服饰穿在美宝身上也真是好看，她本来就是一个眉眼周正的女人。

时间仿佛是静止的，在后龙村，每一眼都能看到时光被

---

[1] 阑干，方言，指镶在衣服上的花边。

凝固的细节，就像置身在城市的车水马龙间，一个人从熙攘的人群中穿过，那身绚丽的古老服饰会让人在某一个瞬间恍惚。凌云人倒是不觉得奇怪，千百年来，壮族人瑶族人汉族人聚居在一起，早就看惯了堆积在彼此身上的斑驳时光。

美宝很少说话，她的话像是被罗夜包揽了。罗夜有很多很多愿望，每一个都很遥远，而美宝的愿望只有一个，她希望家里的房子能推倒重建，隔壁小叔子家已经开始建第二层了，她也想有一个两层的房子。

美宝的家很窄，抬眼就撞到墙，一盏15瓦的节能灯很随意地挂在墙上，像是暂时搁在那里，随时准备挪走。灯光很拘谨地从墙上倾泻下来，三尺之内是亮的，之外便渐次暗下来。罗夜一定看不到这盏灯，也看不到堆码在墙角的玉米，蜘蛛网从屋梁长长短短地悬下来，一年年积满灰尘。房子是他失明后建起来的，是在某一次茅草房改造中政府帮建的。他想象不出这些细节，他也想象不出如一和如二的容颜，他的记忆里，只有20多年前那间用三根木丫叉起来的茅草棚和如一拖着长鼻涕，在屋里哭闹的样子。

所有的细节都是美宝一个人的。如一已经20多岁了，她想给儿子建一个婚房。其实美宝并不知道，如一的身边是不是已经有那么一位姑娘。对于如一，她知道的并不多，她甚至说不清如一待在哪座城市。他换工换得太快了，她好不容易记住一座城市的名字,他又换到另一座城市,因此,那些城市的名字便叠在一起,在她心里模糊着。如一不喜欢说话,他不像如二,什么事都愿意跟她说。美宝觉得,如一像风,抓不住,他要回来便回来了,他要离去便离去了,她管不了他。——现在的年轻人,又有多少个是父母管得了的呢?他们不像她那辈人了,生活的样子早在千百年前就定下来,每个人都照着族规,一年年过下去。

很小的时候,美宝就知道她长大后要嫁给罗夜,这是族规,背陇瑶先祖从皇门迁徙到巴拉山之前就定下来的规矩,千百年来,从未改变。娘亲舅大,背陇瑶的姑娘长大了,是要有一个嫁到舅舅家做媳妇的,不论舅舅家的孩子是瞎子聋子还是哑巴。

罗夜当然不是瞎子聋子哑巴,相反,罗夜长得还蛮好看。他手巧,编鸟笼编雀套,整个后龙村除了盘卡屯的迈囊,没有人能比得上他。罗夜只是不喜欢种地,不喜欢自己像一枚钉子,被长久地固定在土地里。他的双脚是用来奔跑的,在山林里,追着画眉鸟,翻过一座又一座山,或是追着马蜂,穿过一片又一片树林。

现在,再也没有谁人家的姑娘会嫁到舅舅家了,后龙村倒是来了很多外地姑娘,湖南、湖北、四川、贵州、重庆,后龙村的小伙子飞得有多远,就能从多远的地方带回来一个姑娘。这些姑娘跟着小伙子来到后龙村,有些来了便留下了,有些来了又悄悄离开,丢下一个或几个半大的孩子,尾巴一样黏着阿黛阿娅[1]。美宝觉得,她未来的儿媳妇多半也是外地的,如一在外头打工那么多年,也该认识很多外地姑娘吧。她要建一个房子,等着这个外地姑娘到来。

美宝不断重复她的愿望,我一遍遍解释,说房子的事,我已收集好材料,正帮她申报危房改造补助,过段时间就会有批复,美宝仿佛没听懂,仍一遍遍重复自己的话。也许,她只是陷在自己的假想中,自己与自己对话。

美宝的汉话很硬,像后龙村遍地裸露的石头,一个字一个字坚硬地往外蹦,她的舌头总不能及时拐过弯来,在说另一种语言时,藏在舌头底下的背陇瑶母语憋不住,倒先露了出来。这些还没来得及养熟的语言,一路跌跌撞撞,抵达我这里时,总会漏掉一些东西。而我说话时,美宝总是先微微一愣,然后才用最简短的字词回答,想不起怎么回答时,便只是羞涩地笑。我很怀疑,我的语言,在抵达美宝那里时,会不会也漏掉了什么东西。我与美宝,一个壮族人和一个瑶族人,攀过汉族人的语言,才能抵达彼此,这一路的山长水远,总会漏掉些什么的。我试探着说起壮话,美宝松了一口

---

[1] 阿黛阿娅,背陇瑶方言,音译,阿黛指外婆,阿娅指奶奶。

气,像是卸下重担,笑说,你讲壮话,我就听得懂了。

每一次下村,我们大多是为着一项政策来,国家对于贫困群众的优惠政策有很多,教育、住房、医疗、交通、水电,等等,几乎涵盖生活的全部。我们每下一次村,一条惠民政策就会在我们嘴里千转百回一次。我跟美宝说雨露计划,她只嗯嗯应答,我猜她多半听不懂。听不懂也没关系,美宝知道雨露计划是一项惠民政策,知道如二读技校,国家每年有3000元的补助金就行。

材料要得很细,我都已收集整理好了,有罗夜的身份证、银行账号,如二的学籍号,就差户主在表格里签字了。罗夜和美宝都不识字,他们没上过学。美宝郑重其事地伸出食指,在表格里按下一个鲜红的指印。美宝的手很重——拿惯了锄头的手都重,她无名指和中指戴着的戒指,年深日久,已经长进肌肤里。

屋外的雨变细起来时,罗夜的舌头也被玉米酒泡硬了,他的话开始拖起了长尾巴。美宝抬头看看我,又看看罗夜,很难为情的样子,我猜,她不愿意让我看到罗夜醉酒。罗夜的话却飘远了,远到几十年前,他的双腿还能在山林里轻盈奔跑。他说,那只画眉鸟他差点点就捉得了,那只鸟叫得多好呀,比迈囊那只叫声清亮多了,只可惜这眼睛后来不成了。

罗夜的语气平淡,美宝的表情平淡,关于失去眼睛这件事，毕竟过去很多年了。

这只画眉鸟已经无数次，在罗夜漆黑的上空扑棱棱飞过，罗夜浸泡过酒的眼睛，能看到它的俏丽身影，就在离他三四步远的地方。美宝没有搭话，一只鸟，反反复复听了几十年，便也听明白了，罗夜并不在意她有没有在听，罗夜在意的只是把话说出来。竹篾在她手指间飞快穿插，一个背篼很快就长了出来。我想起第一次见到罗夜，他那声哧哧的笑，可是美宝，怎么看，都不像是一个因为结扎，而不得不滞留在这个家的女人。

罗夜的脸在燃烧，声音在燃烧，他的表情动作里，分明能看到酒在狂奔。我有些担心，那些让人灼烧的液体，会让罗夜失控。我见过太多喝酒失控的人，他们掀起的风暴让我害怕。

美宝的表情平静，或许她早看惯了风暴，也或许根本就没有风暴。此时，夜是宁静的，我的心从高处落下来，便也觉得屋子里暖了起来。

| 三 |

罗夜的双腿还能自由奔跑的时候，后龙山还是葱葱郁郁的，满坡满眼的绿，一人合抱粗的树，两人合抱粗的树，从

石缝里长出来，冲向天空，根的须抓住每一个缝隙，奋力攀爬，在裸露的岩石上盘根错节。土地仍然是单薄的，灰色的石头从地底长出来，像春天雨后的笋。那么多石头，真让人疑心，人们脚底踩着的，是一只庞大的、会源源不断生出石头的怪物。

瘠薄的土地只能种玉米和小米荞麦，还有红薯南瓜黄豆豇豆饭豆火麻芝麻，这些不挑剔的作物，刨开一个坑，丢一把粪，丢几粒种子，就会从地里长出来。土薄，作物也长得瘦，喂不饱后龙村的人，一年里便有三四个月是饥荒的。

好在有后龙山。

罗夜的父亲还活着时，后龙村的男人经常结伴到山上打猎，野兽的踪迹一旦被人发现，全寨的男人就带上猎狗，背上火铳上山追赶，他们扛着猎物下山时，整个寨子便像过了一个年。男人们在宽敞的地方给猎物开膛破肚，女人们在一旁洗洗刷刷，孩子们在忙碌的人群中钻进钻出，尖叫着奔跑嬉闹，那一晚就连空气也流淌着欢乐，肉的香味和人们的笑声，弥漫在后龙村上空，久久不散。

这都是罗夜小时候的记忆了，等到罗夜的双腿，能够风一样在山林里奔跑，这些野兽已经很少见到踪迹，林子里常出没的是野鸡、野猫、松鼠等小动物。罗夜会安套子，设陷阱，这些机灵鬼经过，总难避开机关，偏偏罗夜不稀罕，他只稀罕画眉鸟。

玛襟说，先祖们还在皇门居住时，玉皇大帝让他们去取经书，在途中，先祖被一只画眉鸟迷住，他们追赶那只鸟，翻过一座又一座山，追了几天几夜，把取经书的事给忘了，导致背陇瑶没有自己的文字。先祖们很自责，画眉鸟说，莫伤心，莫难过，没文字，勤干活，粮食多。果然，很多年里，背陇瑶的粮食年年丰收。

罗夜喜欢听玛襟讲先祖的事，那只害背陇瑶没文字的画眉鸟，让他感觉神秘和向往。罗夜的父亲从山上捉回很多画眉鸟，那些鸟挂在屋檐下，一长排一长排的，整天在笼子里唱唱跳跳，罗夜就连做梦，耳朵里都是它们清亮的叫声。玛襟常带然鲁来玩，两个男孩子蹲在鸟笼前，高兴时就哈哈笑，不高兴时就打起来。

罗夜从小就跟父亲学编鸟笼，制作捕鸟工具，他会用马尾巴毛，编成一排一排的套，放在小竹圈里，随时挂在腰间。捕画眉鸟时，把套安在它常栖息的地方，或是有野果的树上，然后躲在树林里守候。一旦画眉鸟被套住，他立刻跑去，解套取鸟，装进笼里，拿回家养。到了正月，就提着鸟笼，一个寨子一个寨子地逛过去，到处找人斗鸟。

时间是不存在的，无所谓更长或更短，追一只画眉鸟，随便钻进哪个山洞，蜷起身子打个盹，三天两天便过去了。

罗夜不在意打的野物是多是少，只要能待在山里，他便是喜欢的。山是罗夜的山，在那里，他的双腿会飞起来，心也会飞起来。

没嫁给罗夜时，美宝就知道罗夜是这个样子，因此，当罗夜在深林中奔跑，美宝就一个人对付生活。地养不活人，大家都往山里钻，美宝也钻。山里有金银花、山豆根、牛大力、山乌龟、十大功劳等药材。美宝打下它们，背回家，摊在地上，几场风几场阳光后，药材便干透了，等到赶圩天，背下山，送到收购站卖。后龙山的药材一年比一年难找，药材长不过人呀，人一天天来，一拨拨来，将它们连根挖走，它们便一步步往后退，从山脚，退到山半腰，退到山顶，退到无路可退，只好遁起来，让人找不到。找不到药材，人们就去砍柴，后龙山有的是树，大大小小的树，砍倒在地，晾上一段时间，就变成柴了。那个时候，没有人去想，树有一天也会砍完，很多年后，葱葱郁郁的后龙山变得光秃秃的，只爬着些低矮的灌木丛。

美宝把柴剔整齐，破开，用又韧又硬又粗的牛奶奶藤绑成一捆捆的，背下山，卖给那些县城人，他们煮饭做菜，或是开饭店开粉摊都需要柴。

县城很近，站在后龙村坳口，就能看到街道上人群熙攘，他们的声音像煮沸的水，一波波传递到山上，糊成一团。美宝砍柴累了的时候，就坐在石头上，在山底那堆高矮不等的建筑里找市场和收购站，那两个地方她常去。县城里的壮族妇女喜欢买美宝的柴，因为美宝总能将柴捆绑得扁扁平平的，看起来很好看。

罗夜不钻山林的时候，就和美宝一起去县城赶圩。七天一次圩，家里的盐要买，火油要买，针头线脑要买，罗夜的酒更要买。美宝背柴，罗夜扛柴，两个人沿着狭窄的山道往下走。路很陡，像垂下的绳，却又很拐，罗夜将柴在肩上换了又换，左肩右肩，左肩右肩，那些曲曲拐拐的地段就过去了。他力气大，近百斤的柴，在他肩上像棉花。美宝跟在后面，红树皮编织的绳带托起柴的底部，另一头系在她额头上，柴高高地立起身子，像是她身后长出来的。荆棘从路两旁伸过来，不时钩人的衣裤和手脚，这些荆棘年年砍，年年长，憋着一股倔劲。倒是硬的石头磨不过人，变得越来越柔软，一辈辈后龙村人打它身上踩过，石头的棱角慢慢消去，变得圆润光滑起来，光着脚踩在上面，还很舒服，只是下雨天，特别容易摔倒。罗夜的步子稳健，粗糙宽厚的光脚丫子，飞快地点过那些石块，小腿上暴起的青筋便像是在张牙舞爪。嫁给罗夜，美宝是喜欢的，可然鲁不喜欢，然鲁说罗夜懒。

卖完柴，又将攒了好几个圩日的药材拿到收购站卖，美宝买了盐，又买了火油——家里火油已断几天了，灯点不上，美宝晚上打草鞋，只能就着火塘里的光。该买的东西都买了，才和罗夜坐到粉摊前吃米粉，她和罗夜都喜欢吃米粉，壮族人能将米粉蒸得绵扯扯的，很有韧劲，几乎每次赶圩，只要柴卖得好，她都想去吃一碗。

罗夜买了酒，就着米粉慢慢喝，几碗下肚，脚步就蹒跚了。美宝跟在他后面，看着他的脚步越来越飘忽，路在他脚下，变成蛇，屈曲着身子匍匐爬行。走到后龙山脚，在几丛竹子下，罗夜再也走不动了，他躺在地上，几乎没出一声，就睡着了。美宝坐在一旁，看着天色暗下来，看着月亮升上来，也不急，再没什么事，比等罗夜醒来，一起结伴回家更重要的了。

美宝习惯了。从嫁给罗夜那天起，她便这样，像是在随时随地等着他醒来。玛襟说，背陇瑶的女人都这样呀，当年，先祖们从巴拉山迁来时，女人们就一路在等，她们的男人在酒中睡去，又在酒中醒来。

很多事，多年后再提起，一切风轻云淡，似乎所有的温暖和寒冷都已远去，可日子是一天一天过下来的呀，那么多的苦，还真想不起是怎么熬过来的。现在的背陇瑶姑娘，再也没有人愿意，等一个随时会醉倒在地的男人醒来。现在的年轻人，到底与她那辈人不一样了。

| 四 |

没有人知道,那一晚,罗夜为什么要爬上楼顶。他们家第二层刚砌到一人来高,墙朝着天空,高高低低地敞开着,也许再过几天,就可以喊村里的人一起来帮忙倒天面封顶了。

罗夜的弟弟从广东回来,他长年在外打工,难得回来一次,两家人便坐到一起喝酒。罗夜的脸在燃烧,弟弟的脸也在燃烧,酒的热浪,从每个人的脸上翻过,一波波在窄小的空间里滚动。罗夜站起来,说要去小便,就往后门走。后门有厕所,也有楼梯,谁都不在意,家是罗夜的家,他熟悉每一个角落。

大家听见门外有声响,震得人心发慌,走出去一看,却是罗夜。黑暗中,罗夜躺在地上,像是平时喝醉后睡着的样子,血从他脑后流出来,蛇一般张皇奔逃。

我来到美宝家时,距离罗夜从楼上摔下来,已经过去十来天了。十来天,已是另一个世界。那棵牛心李树下,空荡荡的,少了罗夜在发呆,画眉鸟的啾鸣便也生出几分惆怅来。美宝从屋里拿出凳子,和我并排坐在树下,我把慰问金递到她手里,也不知道说什么好,便一眼一眼望向树梢。这种时候是应该谈谈罗夜的,可有关罗夜的每一个词,此时此刻,似乎都带着刀子。

已是六月,牛心李从叶子下露出来,颜色明丽。这两年,城里人的嘴越来越刁,牛心李便金贵起来,每年树还没开花,果就先被人定购了。凌云牛心李获农业农村部农产品地理标志认证后,更是有市无价,就连凌云人也很难吃到。

我一直以为牛心李很寻常,农人随手种在房前屋后,牛心李便肥肥壮壮地长起来,其实并不是。这是一种挑剔的树。然鲁试过把牛心李移到别处种,牛心李要么光长树不结果,要么结出又小又涩的果。然鲁说,这是一种黏人的树呀,它就喜欢离人近的地方,要闻着人的气才能长,移到别的地方,它就结不出好吃的果子来。从部队复员回来后,然鲁就做了后龙村村支书,几十年里,他无时不在操心,可有什么办法呀,除非后龙村的石头全都变成金子,或是像加尤镇、玉洪乡,长出满坡满岭的白毫茶来。

这是然鲁多年前的话了。那时候,还没有人关注牛心李,很多人和我一样,只是走到村里,看到人家屋旁壮硕的牛心李树,主人打下一箩箩果子,随意搁在桌上、地上,像是牛心李很贱的样子。

县技术人员几经研究才发现,并不是牛心李黏人,是它需要含铁量高的土壤,还需要高海拔。这两样,后龙村都有。县农业局给了后龙村6000多株牛心李苗,让农户种到房前屋后或是自留地，发展庭院经济。然鲁和第一书记曹润林，驻村工作队几个年轻人，村干，以及镇里分管农业的副镇长、包村干部，一家一家动员大家种牛心李，想把它发展成产业。那段日子真苦呀，倒不是后龙村的路有多难爬——再难爬的路，只要双脚走得稳，双手抓得牢，总会攀过去，难的是人心。

好在，后龙村的牛心李到底还是种出来了，只是土太少，无法大面积种植，产量仍然不高。后龙村的难处，本就石头一样多，然鲁早习惯了。倒是曹润林，沮丧一阵兴奋一阵，他有很多很多想法——这些来驻村的年轻人都有很多很多想法，有些然鲁觉得很好，有些觉得很幼稚。到底是年轻人，吃的饭还没有他吃的盐多。

美宝不说话的时候，表情是僵的，整个人挫挫的样子，这和罗夜十分相像。罗夜只在喝酒时，才是生动的，他喜欢将头仰向高处，像是某一个遥远的地方，还藏着他的秘密。也许是关于一只画眉鸟的秘密。我猜想，那一晚，罗夜一定又听见画眉鸟叫了，他喝醉的时候，常常听见它在叫。他攀着楼梯，一步步往上爬，就像多年前在山林里，攀着树枝奋力往高处爬。画眉鸟叫声多清亮呀，它一定在黑暗中，回头得意地看了罗夜一眼又一眼。罗夜的脚步追到楼顶边缘，画眉鸟咻地从他面前掠过，他往前一跨，就从高处掉下来。

谈的仍然是罗夜。美宝说，罗夜好呀，他喝醉的时候，只是安静地睡觉，从来没有打骂过人。后龙村有不少喝醉后打老婆的男人，有些女人忍受不住，丢下孩子，偷偷逃了出去，再也没有回来。

我和美宝很少谈罗夜，也许是罗夜太常见，每次我来到后龙村，来到美宝家，第一眼看到的都是罗夜。

16岁时，姐姐拿着两根棉线，在美宝额上脸上一绞一绞的，美宝的脸和额便月光一样明净，她的眉被姐姐绞得细细的、弯弯的，像淡淡的月牙。美宝看着镜子，知道自己长大了。开过脸的背陇瑶女孩子，就可以跟小伙子对唱山歌了，就可以在对唱山歌的小伙子中，偷偷寻找自己的意中人了。

还是小孩子时，美宝跟姐姐去县城赶圩，走到山脚，姐姐叫美宝等，自己躲到大石头后，出来时，身上的烂衣服已变成蓝的绿的好衣服，那双沾满泥巴的光脚板也到河里洗干净了，套上绣有花的布鞋。美宝真稀罕那双绣花鞋呀。后龙村的人极少穿鞋，上山打柴，下县城卖柴，走哪儿都打光脚板。山路陡，荆棘多，鞋经不起费。

美宝注意到一个小伙子，姐姐走到哪儿他就跟到哪儿，小伙子目光灼灼，像照着一个太阳。散圩时，姐姐走到山脚，又躲到大石头后，把好衣服脱下来，把绣花鞋脱下来，换上之前的烂衣服，打着光脚板。衣服和鞋子收进袋子里，等下次来赶圩的时候再换上。姐姐什么时候做了这么一身漂亮衣服,美宝一点儿也不知道,也许等她长大后,也会有这样一身漂亮衣服吧。美宝那时候觉得,人只要长大了,就会拥有各种好东西,就像姐姐的漂亮衣服,就像姐姐的漂亮绣花鞋。等到美宝长大后才知道,原来,那些漂亮衣服和鞋子,是背很多很多柴,流很多很多汗,才换得来的。人长大后其实更苦。

来到后龙山脚,男青年往山一边走,女青年往山另一边走,两伙人隔着一道山谷,边走边对唱山歌,一路走走停停,一直唱到天黑才各自归家去。等到正月三月,外边寨子的小伙子又结伴而来了,他们坐在寨口那块高高的大石头上,对着寨子唱盘歌,问候寨子里的老人安康,询问能否进寨对唱山歌。姐姐们便出来答唱,两伙人唱来唱去,就会唱到火塘边,围着旺旺的柴火唱到天亮。美宝挤在人群中,看着热热火火的男青年女青年,就想到了自己的16岁。——等到美宝16岁,罗夜会不会也出现在来对唱的小伙子中?他头上一定缠着黑白相间的帕子,蓝色或黑色的短褂帅气地敞开着,露出里面雪白的衬衣。他的眼睛里燃烧着两盆旺旺的火,就像圩场里一直跟着姐姐的小伙子一样,唱着只有她能听懂的山歌。——可惜这样的场景一次都没有,罗夜甚至不知道美宝有一副好嗓子。

罗夜不喜欢唱山歌,美宝便把嗓子收起来,时间久了,便也忘了自己的16岁。后龙村也已经很多年没有小伙子来对歌了,年轻的人流水一样往外走,年老的人嗓子没人听,便一年年荒下去。

| 五 |

伍书记站在村级公共服务中心前,看着灰瓦白墙的综合办公楼,空荡荡的球场上、戏台上,风卷起落叶,无所归依地打着旋儿。她的目光落到后援单位、驻村工作队和村两委身上,说,村里的硬件设施已经搞起来了,关键还是软实力的提升,要想办法建一支村里自己的文艺队伍,让群众的文化生活丰富起来。她的眼睛望向我,说,特别是文联,更应该发挥文艺家们的专长,把村里的文化搞起来。

伍书记面带微笑,她总是这样,在点出一个问题时,用微笑去平衡对方的压力。我感觉心很虚。我想起有一次她跟我谈阅读,说起历届茅盾文学奖获奖作品,说起迟子建的《额尔古纳河右岸》,一个县委书记眼睛里扑闪的神采,让我惊讶。她主持召开全县文艺工作座谈会,邀请凌云籍在外工作的文艺家们,听大家滔滔不绝地说难处,提建议,那一刻,我便知道,她懂我们,这群脆弱而自尊的人。

2016年冬天,全县的村级公共服务中心正一个村一个村地建起来,这些功能齐全的建筑新崭崭地立在那里,什么时候看,都是一副冰冷的样子。伍书记已经不止一次提到文化兴村,这一次,她站在后龙村,郑重其事地重提文化,空落落的球场上、戏台上,那些无所归依的落叶,便也比往日更孤寂刺眼。

——我们也不是没看到这些,只是,村里总有乱麻一样繁杂的事让人疲于奔命。这些话,在她面前,我们说不出口,想必,再怎么繁杂,也不会比一个县委书记的事更繁杂吧。

那个时候,我们都没想到,在伍书记的强力推动下,仅仅两年后,凌云县110个村(社区)的文艺活动就搞了起来,后来演变成"八个一"活动。"八个一"是一种高度归纳的说法,其实就是充分利用每一个平台,让村里的文化活起来。村里的广播,村里的戏台、球场、农家书屋、宣传栏、网络媒体,还有传统习俗的百家宴,环环相扣,将村里日益荒芜的文化丰富起来,将乡亲们日益疏离的情感凝聚起来,将乡风文明建设起来。

一系列的活动,用列举的方式或是用新闻术语去表达,总嫌太枯燥,我能记住的是乡亲们的笑脸,那些老人,那些小孩子,那些忙里忙外的壮年男女,甚至仅仅是那些热气腾腾的氛围,都会让人忍不住内心柔软得滴出水来。我总疑心村人的心里藏着一片森林，或是种子，遇上合适的土壤，遇上合适的阳光雨露，就会葳蕤地拔节生长。很多事，在当时看起来也许并不显得有多重要，总在多年后，这些变化和作用才会显现出来，就像后龙村的路、房子、地头水柜，在后龙村一代又一代人的记忆里，都将铭刻下这些变化的纹理。

2016年冬天，我们决定搞一台后龙村自己的春晚。

曹润林第一时间就想到了村里的大学生们，寒假期间，这些喝过墨水、开过眼界的孩子，此时正待在家里。刚来到后龙村不久，曹润林就跟村里的大学生接通了关系，没有人知道，他是怎么找到他们的。然鲁说，曹书记是红蚂蚁的鼻子呀，嗅一下，就能找到那些读书人了。学校快要开学的前几天，曹润林把村里的读书人召集到一起，那些初中生，高中生，中专生，大学生，坐到村部会议室里，竟也满满当当。然鲁坐到一旁，听曹润林跟学生们说话，曹润林的眼睛亮闪闪的，学生们的眼睛也亮闪闪的。然鲁听着，觉得心里暖烘烘的，有一种东西老想拱出来。他从来说不清这些东西，看来，还是读书人和读书人才有话聊呢。

后龙村的大学生不多，也就七八个吧，可那都是种子呀，就像玛襟说的神话故事，播一粒种子进土里，一棵树就噌噌噌长出来，一直长进天里，后龙村的人攀着树，就能通达另一个世界。

广场舞，街舞，弹吉他，独唱，年轻人讨论得热火朝天。然鲁坐到一旁，低头抽烟杆，似乎身旁的热闹与他没有关系。我说，给村里的中老年人也出几个节目吧，对唱山歌什么的，然鲁便高兴起来，大声说，这个简单，叫美宝他们来唱就行。玛襟家的孩子都有一副好嗓子，我叫然鲁也出一个节目，他连连摆手，眼睛里却分明发出光亮。

那一天，村里的老人早早搬来凳子，眼巴巴看着戏台。我们说，时间还早呢，吃过饭再来。他们仍眼巴巴看着戏台。几个妇女提着道具，在台上练走台，10遍，20遍，很简单的动作，被一丝不苟地重复了无数遍。我站在一旁，只看了几遍，就感觉到眼睛里有泪要潸然。大学生们都来了，扬着朝气蓬勃的脸，在一旁帮忙拉线，试音响，小孩子兴奋莫名，在球场上跑来跑去。村庄像是活过来了，那些寂寥的路、树木、房屋，寂寥的老人孩子，全都有了色彩。我真喜欢这样的时刻呀，所有的一切都有了生气，这才是生命该有的鲜活状态。

我第一次见到美宝在舞台上的样子，她站在一排背陇瑶女子中间，身上是天一样蓝的斜襟上衣，歌声飞起，耳侧的流苏晃动，像一个远古的故事。一排的流苏，一排的故事，荒芜了几十年的嗓子被唤醒了。——都是素常的装扮呀，她们在地头劳作时就是这副模样，因为紧张，双手双脚找不到地方放，只好僵硬地垂立不动，可每一个人的眉眼却水灵又花俏，像憋了一冬的桃花李花，蓦然开满了坡坡岭岭。

美宝脸上的羞涩流动着光彩，像是变了一个人。也许是变回到16岁吧——16岁的美宝，如果坐到几十年前的火塘旁，也该是这个样子，可惜罗夜一眼也没有看到。

我不知道，那个男人是怎么出现的，我只是从美宝的眉眼里看到他的存在。那段时间，美宝总是笑，不论我说什么，她都捂嘴笑。她的手机开着免提，一个男人在手机里唱背陇瑶山歌。美宝从手机里调出照片，我看到一个男人站在一幅山水画前——喏，就是小照相馆常有的那种山水画，万里长城、迎客松、瀑布，拼凑成风景，当成背景图，男人缠着黑白相间的小格子头帕，短到腋下的蓝色褂子，雪白的衬衣从里面长长地露出来。

男人笑得很好看。美宝叫他表哥，很久之后，我才知道，在背陇瑶语里，原来表哥也可以是男朋友的意思。

美宝有好几个微信群，很多人在群里唱山歌。美宝听着，不时咪咪笑。美宝说，大家都在手机里对唱山歌呢。我拿过她的手机，看到一大堆语音，点开，是一群人在对唱背陇瑶山歌。我听不懂他们在唱什么，却分明能感受到他们的热烈。后龙村的中年男女，似乎都聚到手机里来了，这些无法用文字表达内心的人，这些我熟悉的腼腆羞涩的人，此时就在手机里,你唱我答地对着山歌。我突然想起寨口那块大石头,每次我进寨时,它总是很突兀地撞进我眼里,很多年前,那些坐在大石头上,对着整个寨子唱盘歌的小伙子们,如今是不是也在美宝的手机里?美宝的笑有些得意,还有些神秘,她是其中一个微信群的群主。

美宝有些不一样了,似乎更活泼,更大胆,她的眉眼里全是蜜。——我太熟悉这个样子了,这是爱情的样子。

有一天,如二给我打电话,说,我妈改嫁了。如二的声音透着忧伤,像一个离不开妈的孩子。如二从职业技术学校毕业后,进了广东一个厂做工,他原来学的是机械维修,我不知道,在远离家乡的都市里工作,他会不会比他还没读完小学的哥哥更容易些。如二已经22岁了,对母亲的依恋仍然像孩子,而对于母亲改嫁,如一似乎没有太多想法,他频繁地从一座城市换到另一座城市,像是双脚长出翅膀,无法在同一个地方,长久地停留下来。

美宝把家里的林地产权证、银行存折等贵重物品交给小叔子保管,一个人跟着那个男人走了。一时间,流言像林间惊起的鸟儿,呼啦啦飞满整个后龙村——有说美宝被人拐走了,有说男人是来骗美宝钱的——罗夜瞎了的这些年,美宝一家年年领低保,还有政府给的其他各种补助,村人觉得,美宝一定攒有一笔钱。只有我知道,美宝跌进自己的16岁里了,16岁她没等来的东西,那个男人帮她找了回来。

　　我给美宝打电话,美宝说,你不用担心我呀,我没有被拐卖,如果我被拐卖,我会打电话给你的。听着美宝的声音,不知怎的,我竟无端端想起她家那三只小奶狗来,它们全都长大了,整天黏着美宝,美宝上山,它们跟上山,美宝下地,它们跟下地——美宝走了后,它们会不会突然之间,就找不到事儿做了呢?

然鲁

| 第二章 |

| 一 |

然鲁越来越喜欢摆往事,我想他需要人倾听。过去像一条长长的河流,不间歇地朝前奔腾,67岁这年,却突然转一个弯,想要回溯。然鲁说话时,眼睛越过我看向远处,那时候总是傍晚,夜幕从山那头落下来,漫过我们头顶。我的眼前是山,更深处也是山,然鲁目光抵达的地方,时光攀爬过来,弥漫在我们彼此的眼睛里。

然鲁的记忆是八岁那年长出来的,长得有些慢,像后龙村被石头挤压得找不到空隙生长的玉米苗。而八岁之前,他所有的记忆,全都垒叠到一起,模糊得只剩下饥饿的感觉。

八岁,然鲁的双脚已经能在乱石间奔跑了,对,就像山羊。每天早晨,光的线刚从燎箭竹墙透进来,母亲玛襟就叫他起床。多少年了,背陇瑶人都不曾进过学堂,玛襟却天天叫他起床去上学。他抓起两个红薯,边吃边往陇喊屯爬。那时候,村部还在陇喊屯,学校也在陇喊屯,一个叫向仁元的汉族老师在那里教书。向老师是广西省立田西师范学校毕业的,家在陇隘屯,那是一个独家屯,四面高山,铁桶一样严密箍合,那个汉族人家单家独户,孤零零地窝在桶底。多年后然鲁才知道,向老师是躲国民党抓壮丁,逃到后龙村来的。那是后龙村有史以来的第一个老师,陇喊小学也是后龙村有史以来的第一所学校。

然鲁光着脚板,踩过那些玉一样光滑的石头,荆棘从两旁伸过来,咬他的裤角,咬他的脚杆,然鲁没有理睬。一个多小时的山路,才到达陇喊屯,这期间,肚子叫了无数次,他强忍着,不去想口袋里的煮佛手瓜,那是要挨到中午才能吃的。迈囊从盘卡屯走下来,吃完红薯,走了一段,又把佛手瓜吃了,他索性不去上学,钻到林子里捉画眉鸟去了。罗夜挨得一年,也挨不下去,只有然鲁还在坚持。

向老师声音温和,眼神却凌厉,他先用汉话教一遍,再用背陇瑶话教一遍,一遍两遍教下来,然鲁便记住书本里的字了。刚刚开始的时候,然鲁老写不好字,手太硬,握不住笔,向老师便捉住他的手,一撇一捺地教他写,等到然鲁读小学五年级时,就已经能写一手好字了。

要是学校一直在陇喊屯,然鲁会一直坚持下去,只可惜,五年级之后，就要到县城读初中了，两个红薯无法支撑起这些路的长度，只好离开学校。叔叔把然鲁带到陇兰屯，指着一堵刚刚砌起基脚的墙，对他说，等到把那堵墙砌完，你就可以出师了。

然鲁熟悉这种墙，后龙村的人几乎都会砌。大小不一形状各样的石块遵循着某一种规律被叠垒、镶嵌，两堵棱角分明的墙形成近似垂直的角，顺着山势攀爬，直至两人来高。这种墙，凌云人叫边坡挡土墙，用来阻挡水土流失，它的牢固是可以与时间抗衡的。

然鲁只有13岁，拿不动16斤的大锤。叔叔让他做副工，帮忙传递打好的料石。叔叔说，等过两年，然鲁的力气长粗长壮了，就可以拿大锤了。氏花拿的就是大锤。她比然鲁大五岁。她将大锤高高抡起，又重重落下，石头便裂开一道缝，几道缝，最后变成料石，散落一地。氏花长得黑，做工间隙，大伙儿坐下来抽烟杆吹牛解闷的时候，她不声不响地隐在人丛中，像一道影子。叔叔说，等然鲁长大，玛襟就会把氏花讨过来，给他做老婆。工地里的大人哈哈笑。氏花背对着众人，低头打草鞋，然鲁只看见她鲜艳的彩珠长耳环，从脸侧吊下来，在阳光下一晃一闪的。玛襟从没说过这件事，叔叔也许只是开玩笑，可也很难说那不是真的，背陇瑶人的姻缘几千年前就定好了的。

玛襟说，很久很久以前，背陇瑶先祖从皇门迁到巴拉山途中，遇到一条大河，那条河真大呀，船行走一百个白天和一百个黑夜都走不到头。罗杨卢赵四家人，砍下构树做船身，砍下五辈树做船舱，造了一只茅草船。韦王李那四家人，砍下白木和阴沉木做船，用五彩丝线和珠子，把船装扮得很漂亮。有一次遇到大风浪，那只华丽的船失去控制，水灌进船舱内，女人和小孩吓得哭了起来，头人也吓得没了主意。一个叫美宝的姑娘，解下长长的腰带，用力抛过来，大家你拉我推，全都上了茅草船，才得了救。后来，同船的四姓成了兄弟，而与另一只船上的四姓，则成了亲戚，并发誓，兄弟姓永世不通婚，亲戚姓永世结姻缘。千百年前的约定，背陇瑶人一直坚守到现在。

然鲁的眼睛不由得跟着氏花走，最开始是抗拒的，后来却慢慢感觉出氏花的好来，不过，那已是几年后的事了。

每抱起一块料石，然鲁都能感觉到力气从身体里长出来，等到氏花砸出来的料石全抱光时，然鲁也抡得动大锤了，叔叔却又让他拿小锤。石匠的锤子是越拿越小的，拿到手锤的时候，就能随心所欲地把石头敲出自己想要的样子。一堵墙接一堵墙砌下去，然鲁的手很快跟叔叔一样灵巧有力，他当上砌墙大师傅时，还没满19岁。然鲁以为，他会当一辈子的砌墙师傅，不承想，一年多后，他就到百色军分区当兵去了。那时候是1970年,国家号召全民皆兵,有志青年都应征入伍。

世界突然大到没有边际,然鲁看着平展展的稻田,平展展的街道,右江河日夜不停地咆哮,内心里满是惶恐。是的,惶恐,然鲁清晰记得这种感觉,百色城满眼的陌生让他感觉每走一步都探不到底,这让他无比焦虑和恐惧。多年后,然鲁一次次爬上盘卡屯,劝迈囊把家搬下山时,迈囊的眼睛里就是这种惶恐。

六年的义务兵,回想起来,似乎每一天都在重复。站岗放哨,军事训练,学习文化知识,像一台精密机器的齿轮,将相同的日子准确无误地轮转下去。可对然鲁来说,日子每一天都是新的。几乎每一样事物,出现在他眼前,都会叫他惊讶。就像很多年后,那些来到后龙村的外地人,后龙村的每一样事物,都会叫他们惊讶一样。

从部队复员回来后,然鲁做了几年后龙大队队长兼民兵营长,后来又到县食品公司工作。每天下午下班后,然鲁都要爬一个多小时的山路回后龙村,那里有玛襟,有氏花,还有他的四个孩子。正如叔叔说的那样,氏花后来真的成了然鲁的妻子。玛襟说,小南呀,你不知道,背陇瑶人的姻缘是几千年前就定下来了的。然鲁和玛襟都喜欢叫我小南,这让我感觉后龙村很亲。玛襟说,你上辈子一定是后龙村人,只有后龙村的人才会感觉后龙村亲。

| 二 |

玛襟说这句话时，我还很年轻，那时候也许是2000年，也许是2002年，我记不真切了。我常在周末，爬上高高的后龙山，去陇署屯听她唱《背陇瑶迁徙古歌》。玛襟盘腿坐在火塘边，抽一尺来长的烟杆，七八枚铜板叠串成的流苏，从烟杆尾悬下来，在火光中晃动。玛襟的眼睛长久停留在火塘里，似乎在等待什么，她双唇开启，苍凉的歌声便藤蔓一般，盘缠交错，在屋子里生长繁茂。

  我永远都不会忘记，
  那些远古时代的事。
  布努的子孙呀，
  我要给你们说，
  我要给你们唱。
  ……

我感觉到皮肤冰凉，藤蔓长进我身体里，将我的心缠得很紧。

氏花在屋里忙活,她不怎么说话,这让我时常忽略她的存在。只有玛襟唱到亲戚姓和兄弟来历时,我才会想起她。18岁那年,当氏花抡起大锤,将一块块大石头砸成一地料石时,就已经知道,身旁那个抡不起大锤的单薄小男孩,将来会是她丈夫吧?

然鲁已经回后龙村做村干了,先做村主任,后来又做村支书。他长年穿一身泛白的旧军装,像是同一件衣服从来不曾更换。然鲁说,当过兵的人,就再也脱不下军服了。

迈囊就是这个时候走进来的。他光着脚板,宽大的裤脚扫过门槛,人就站到堂屋内。满屋子的藤蔓猛然被割断了,玛襟抬头,眼神里落下尘埃,仿佛刚刚翻越千山万水。她招手喊迈囊过来,让他唱。玛襟说,迈囊是后龙村唱歌最厉害的男人,他能几天几夜连续不断地唱下去,一句歌词都不会重复。迈囊看看我,有些羞涩,他拉拉短到腋下的黑上衣,又拉拉从上衣下摆露出来、盖到臀部的白衬衣,笑说我唱不好,却也走过来,坐到火塘边。他的眼睛从玛襟脸上移到我脸上,再移进火塘里,藤蔓便又从屋子里长出来,葳蕤成林。那时候,我们都没有想到,2016年,在新一轮脱贫攻坚工作中,我会成为他的帮扶联系干部。

迈囊来的时候总是圩日的傍晚,他一大早扛下山的柴火被县城里的壮族人买走了,他又从壮族人那里买来一壶酒,提着走上然鲁家。有酒的傍晚,屋子里便是拥挤的,过去了很多年的旧事,从每个人的嘴里跑出来,在屋子里游荡。玛襟的脸红扑扑的,氏花的脸红扑扑的,我的脸也红扑扑的。

浸了酒的话是随意的,随时可以起头,随时可以收尾。迈囊和然鲁又说起捉画眉鸟的事,他们追一只画眉鸟,在山林里跑了六天六夜,后来才发现,竟然跑出了县界,进到河池地区的凤山县去了。他们仰头哈哈笑,话题又转到猎蜂的事上去。迈囊和然鲁总有说不完的话。玛襟说,要是迈囊是女娃娃,她就把迈囊讨过来给然鲁做老婆了。当然,要是迈囊是女娃娃,然鲁也娶不了的。他们是兄弟姓,不是亲戚姓。

迈囊的皱纹很深,每一道都打进肌肤里,这让他看起来老得像玛襟。玛襟已经88岁了。玛襟说,迈囊是风吹老的,雨淋老的,操心操老的。造孽呀,老婆死得早,一个男人拉扯大十个娃娃,又全都是男娃娃,个个跳得像猴子。

迈囊走哪儿都光着脚板,以前是买不起鞋,后来买得起了,又穿不惯了。老茧从脚板底厚厚地长出来,像铠甲。他光着脚板攀爬山崖捉蛤蚧,双手双脚像长有铁钩。迈囊的父亲就是爬山崖捉蛤蚧摔死的,迈囊还记得村里人把父亲抬回来的样子。他做了很长时间的噩梦,长大后,却仍然要爬山崖捉蛤蚧卖。蛤蚧的价钱高,家里那么多张嘴等着要吃的。

然鲁说起修建学校的事。那段时间,他正计划把三台小学的旧房子拆了，重建一栋三层的教学楼，原来那座木瓦房实在太旧了。那时候，后龙村有五所小学，分布在三台屯、陇喊屯、陇署屯、盘卡屯、马岭屯，其中三台小学的学生最多，生源最广。

然鲁写了好几份报告，递送到镇政府、教办、教育局、民族局等部门筹措经费，接下来还要动员后龙村的人投工投劳，大家一起把旧房子拆下来，把操场挖出来，等建筑工人把教学楼建好，才又一起把操场填方平整好。然鲁都计算好了，有学生来三台小学读书的屯，每家出四个工就够了。

迈囊对建学校不怎么热心，他家十个孩子，念到小学一二年级就转回家去了。迈囊把这十个孩子，撒种子一样，一半留在盘卡屯，一半撒到盘卡屯外面去。然鲁说，你那几个仔都读不成哪样书，到孙这辈，一定要让他们好好读书了。迈囊便笑，说，各人有各人命呀，成龙的上天，成蛇的钻草，由他们的命去。然鲁便叹一口气，又摆起部队里的事。然鲁在部队时是班长，他的字写得好，部队领导以为他读过高中，知道他只读到小学五年级后，很遗憾。然鲁也遗憾，他很后悔当年没顶住饿，下到县城读初中。

多少年了，然鲁还清晰记得那个汉族老师的手，他站到然鲁身后，捉住然鲁的手，用背陇瑶话说，横要平，竖要直，腰要挺。2003年重阳节，我们去陇隘屯看望向仁元老师，他患有阿尔茨海默病，已经认不出家里的人了，他的记忆停留在陇喊小学。他对儿子客气地笑，说你来啦，像招呼一个客人。眼前这一群人全都是他家的客人。他非常抱歉，他不能坐下来陪客了，他要赶去陇喊小学上课。他的妻拦在门口，不让他出门，再三再四提醒他，不用爬坡去上课了，他已经退休很多年了，可一点儿用也没有。他突然哭起来，像个孩子。他的记忆是跳跃的，一跳就跳到更遥远的童年。时光在他84岁这年，让他变回了孩子，或是变回那个身材修长、温文尔雅的陇喊小学年轻教师。

我们在一旁看着，心里很难过。几个月后，向仁元老师就去世了。

然鲁内心里的遗憾，迈囊是不会明白的。除了扛柴火或药材到县城卖，迈囊从没离开过后龙村。他熟知飞鸟的习性，走兽的踪迹，知道每种植物在什么时节开花结果。他熟悉大自然的规律，甚于熟悉自己的身体，这让他感觉到自由而松弛。对迈囊来说，文字是无用的，它们并不比一杆猎枪或一只猎狗更令他痴迷和信赖。

三台小学建好后，外出务工的人却越来越多了，年轻人流水一样不断往外走，孩子们跟随父母，流到各地去。后龙村没那么多学生了，五所小学便整合成一所小学，也就是三台小学，后来扩展成后龙村中心小学。十几年过去，学校设施越来越好,国家对少数民族教育的投入越来越大,社会各界的捐资助学也越来越多,背陇瑶孩子上学却仍然有一搭没一搭的。他们有时候去上学,有时候就在家放羊或种地,也或许什么活儿都没干,纯粹只是想玩了,也或许突然就嫁人了,老师去到家找时,早婚的女孩子已腆起了肚子。他们像后龙山顶无羁的风,没有人知道他们的来去。然鲁把一个没做完的梦,种植到孩子们身上,却似乎没能长出相同的梦来。

十几年后,我成为后龙村的帮扶联系干部,和然鲁去动员辍学的学生返校,我看到迈囊的孙子孙女们了,在迈囊扬手撒下种子的地方,玉米苗一样长出来。我用普通话,然鲁用背陇瑶话,轮番劝他们回学校读书。孩子们低着头,染得红红绿绿的头发里,透露出他们想要长大的内心。——没有人知道他们的内心,他们的父母长年在外打工,一年到头也见不着几次,是阿黛阿娅带大他们的。阿黛阿娅老了,已经看不懂孩子们的内心。

| 三 |

凌云县城在山下,后龙村在山上。抬头低头间,便能看得见彼此。从后龙山脚往上走,时光开始变得陈旧,越往上走,时光越陈旧。山道依然曲折陡峭,茅草房依然低矮狭窄,

一切都是然鲁20岁时的样子，13岁时的样子，8岁时的样子。然鲁的双脚一次次往山上走，一次次往山下走，时光便不断在他脚板底逆流回转。

很长时间里，然鲁的白天和黑夜是撕裂的。白天他在县城上班，看到的是明晃晃的电灯，热闹的电视剧，临街店铺琳琅满目的商品。傍晚回到后龙村，看着氏花点起火油灯，在昏暗的灯光下砍猪菜，玛襟在一旁脱玉米棒，火油灯的焰，被风撩拨，左一晃右一晃的，总像快要熄灭的样子。只不过一个多小时的路程，却已是截然不同的两个天地。因此，当镇里的干部来动员他回后龙村做村主任时，然鲁二话没说就同意了。

有些事情总得有人去做。然鲁说。那时候，后龙村识字的人并不多，大家都还打着光脚板，在陡峭的石壁上攀爬，捉蛤蚧，掏山货，或是把一棵棵树砍倒，破开，晒干成柴火，扛下县城卖。

2003年之前，整个后龙村还没有一寸公路。——然鲁当然没有忘记那条四级公路，那是凌云县城通往逻楼公社（今逻楼镇）的路，也是百色地区通往河池地区的路。这条全程36.5公里的四级路，从后龙山脚蜿蜒爬上来，穿过头台、二台、三台屯，又沿着山势，七拐八弯往逻楼公社方向去。这条路整整修了三年，一直到1975年1月才建成通车。那是整个凌云县修建的第三条四级公路。

路的方向,不是后龙村的方向。后龙村的人下县城,或是去别的什么地方,仍然得攀山道。

然鲁想修一条路,从有四级公路穿过的三台屯接过来,一直修到陇署屯去。这条9.5公里长的路,将从三台屯、陇兰屯、陇喊屯、陇法屯、陇设屯、长洞屯、深洞屯、陇署屯经过,几乎能把后龙村较大的自然屯连接起来。一条路,要从八个屯经过,沿途的坟墓要让,屋基要让,山场要让,这并不容易。后龙村的石头太多,土太少,谁都舍不得。

动员会在陇兰屯坳口开,路需要经过的第一站就是陇兰屯。几个屯的群众代表都来了。等县里镇里的领导说完话,一个年轻人站起来,用背陇瑶话说,从古至今,后龙村都没有公路,我们后龙村人养得一头大肥猪,都没办法扛下县城卖。现在,好不容易有这个机会,这条路我们一定要修。后龙村的人抬头,便都认出他来,陇法屯的启良,后龙村第一个把书读到中专,20多岁就当上乡长的人。他留着三七分的发型,朝气蓬勃的脸,无论什么时候看,都是一副意气风发的样子。这次回后龙村,是县领导特地让他来给本村的乡亲做思想工作的。

有一个屯的队长猛然站起来,大声说,路是帮你们干部修的,我们农民又不走公路。然鲁站出来刚要开口,队长又指着他大声质问，以前老支书为哪样从不这样乱搞？又要过山场，又要过屋基，你这是搞破坏！一旁的群众也激动起来，七嘴八舌表示不同意修路。然鲁记不起他说了什么，或许什么也没说，其实说什么都不再重要了，那么多张嘴同时张合，风暴就来了，也不知是谁先动的手，最后竟推推搡搡起来。

然鲁习惯了。后龙村的人满意他时，就说他好，不满意他时，就说他不好。路终究是要修的，它会像玛襟说的古老故事里，那棵长了千百年的奇树，一直长一直长，便长进天里去，后龙村的人通过它，就能抵达另一个世界。

路经过的地方，需要占用队长一个屋基，还需要占用队长弟弟半个屋基。然鲁提着酒，一次次去到队长家，去到队长弟弟家，兄弟俩冷着脸不搭理。然鲁就坐在那里自说自话。然鲁和兄弟俩是亲戚姓，然鲁说，唉唉，我们也不要成仇吧，万一以后两家打起亲家来那可怎么办？便径自起身，从碗架取碗倒酒。也不知是哪一句引得队长开腔的，两个人辩来辩去，争得脸黑脸白的，几碗酒下肚，全都变红脸了。酒能将人的心泡硬，也能将人的心泡软，喝到然鲁和队长都醉倒在桌边时，兄弟俩便让出屋基，搬到别处去。那时候是不谈补偿的，山场让了就让了，屋基让了就让了，没有什么补偿。然鲁帮着兄弟俩把盆盆罐罐搬出来，心里又轻松又难受，觉得欠了他们。

八个屯好不容易都说通了,又动员大家投工投劳,沿着各自的组界砍路——将杂草割掉,将树木砍掉,所有的障碍都清理好后,技术人员才能进来精确测量。

然鲁每天带一个生产队去砍路,路不好砍,有土的地方杂草荆棘丛生,没有土的地方悬崖藤蔓遍布。一群人砍砍停停,累了就坐下来抽烟杆,说家长里短,说丑话野话。中午的时候,各家的女人孩子就会送饭来。氏花提着饭盒刚刚出现在坳口,大伙儿便笑,又拿然鲁13岁的事说笑。后龙村的人就是这样的,吵的时候很凶,吵完了就像没事一样,照样一起说说笑笑一起喝酒猜码。然鲁也笑,想起自己13岁的样子,氏花18岁的样子,就觉得恍惚,仿佛还是昨天,回头,半辈子都已过去了。氏花走近,大伙儿越发笑得凶,她知道大家在笑她和然鲁。这些笑话从几十年前笑过来,还会一直笑下去。氏花咧开嘴跟着笑,也没多说什么,任由他们说野话。氏花话少,半辈子的话,加起来怕都没玛襟一年说的多。

砍到组界,一个生产队的任务就算完成了,第二天又换另一个生产队来砍,一连砍了五天,才把杂草乱木清理完,剩下那些悬崖峭壁,就等技术人员用机械来作业了。然鲁带了五天队,路也连续砍了五天,骨头像散了架,好在年轻时的底子还在,回去睡一觉,力气又会长出来。

竣工的时候,已是2005年秋天了。开通仪式那天,然鲁早早来到会场,看到八个屯的人几乎全来了,男女老少站的站,坐的坐,把坳口都挤满了。玛襟和几个老人坐在石头上抽烟杆聊天,玛襟说,大家都来看热闹,她也来看看。玛襟90岁了,至今还没见过车是什么样子。

第一辆车开过来,第二辆车开过来,然鲁看到老人们眼睛里的稀罕。一个县领导知道玛襟从没见过车,便说,让老人家坐上车,转一圈感受感受吧。然鲁便扶着玛襟坐到车里,车带着他们,在新开通的路上转了一圈。玛襟很是不安,摸摸这摸摸那,说,这车吃哪样呀?这样大的家伙,吃得一定很多吧?司机笑着说,阿娅,这车也吃草呢,跟牛一样。玛襟瞪大眼睛说,真的呀?然鲁便说,莫信他,他开玩笑呢,这车吃汽油。后来想想,也没法再向她解释汽油是什么,便只是笑。玛襟说,嘀嘀,我的心在肚子里蹦上蹦下,快要落出来了,坐这车还不比光着脚板走路舒服呢。她嘴里说一些嫌弃的话,脸上的表情却是兴奋的。

事实上,1997年那场在全百色地区掀起的人畜饮水、村村通公路、茅草房改造、村村通电、村村通广播电视和改善办学条件的六大会战之后,凌云县就没停止过基础设施的建设。只是,在这个高山林立石头遍布的国定贫困县,人家大多窝在大石山深处。从一个村到另一个村,从一个屯到另一个屯，是一重又一重的大山。单就运输来说，便是个大难题，一块砖头一包水泥，就连和水泥浆用的水，都需要人挑马驮从山下运上来。所有的艰辛，在多年后，全都模糊不清了，然鲁只记得那些缓慢甚至停滞的过程。一直到2016年，交通、饮水、住房仍然是全县脱贫攻坚工作的重点难点。

| 四 |

再次见到然鲁，已是2016年春天，我们坐在后龙村村部会议室里，相视而笑。会议室很满，县领导、镇领导、后援单位、驻村工作队、村两委、包村干部，那么多人坐到一起，氛围便凝重起来。

伍奕蓉书记说，后龙村480户，就有402户是建档立卡贫困户，这个全市乃至全区贫困发生率最高的村，是我们县最难攻克的堡垒，我们用尽全力，也一定要拿下。为了摸清底数，对症下药，后龙村24个自然屯480户，除了第一书记、驻村工作队、村两委要遍访，后援单位负责人也要遍访，绝不能漏下任何一个贫困户。她的目光沉甸甸地压过来，我的心也变得沉甸甸的。我又看向然鲁，后龙山那么高，如果没有然鲁，我是找不出那480户来的。

曹润林坐在我前面一排，他刚来后龙村没多久。这个自治区财政厅选派来的驻村第一书记,是湖北人,中南财经政法大学博士。还没来后龙村,我就知道后龙村的第一书记是个博士。那段时间,还有清华、北大、人大等名校的博士、硕士,被中广核集团、区党委组织部、区老干部局、区旅发委、广西交投集团、国开行广西分行等单位选派下来,到凌云县不同的村做驻村第一书记,这些看起来很遥远的才子,成批成群地扎进村里,让人感觉好像有什么东西,跟以前不一样了。

散会时,伍书记站在门口,跟曹润林说话。我从他们身边走过,听见伍书记说,后龙村是块硬骨头,你可得加把劲了。曹润林说了些什么,我的脚步走远了,听不清了,只记得那是个白净的年轻人。

2016年之前,时间是涣散的,在后龙村,早上和中午没太大差别,一天和几天没太大差别,甚至一个月和几个月也没太大差别。村两委办公大多在圩日,村主任把公章装进袋子里,就下到县城去了。从早上九点到中午两点,村两委的人会集到后龙山脚下,那里原来是岑氏土司后花园,现在仍然是花园,有荷池、凉亭,还有茂密的古榕和几张大石桌。大家坐在那儿,抽烟杆,聊天,等候来办事的村民。后龙村的人把带下山的货物卖了,把日常用的东西买了,便也从熙熙攘攘的集市里,会集到这里来,咨询村干政策上的问题,让他们帮填个表格，盖个公章，或是签名领救济。没什么事要办的，也坐到这里来，扯扯各自听到的八卦。

曹润林坐到一旁，看村两委办事，背陇瑶古拙的服饰，让他感觉看到一群从时光深处走出来的人。他们走在衣着时尚的人群中，竟也没有违和感，就像两棵纠缠到一起的树，时间久了，便融进彼此的气息里，成为一体。

一切都是闲散的，一切又都是拥挤的，像另一个集市。曹润林问，为什么要来这里办公呢？然鲁说，从老一辈到这一辈都这样呀，群众来赶圩，顺便也把事情给办了，两样都不耽误。以前没有公路，后龙村的人上上下下都从这里走，大家都习惯集中到这里来。

第二个圩日曹润林又来，等到圩场散去，人群散去，才对然鲁说，这样办公不行，没个规矩，现在不是老一辈那时了，以后村两委都要在村部办公，群众有事来到村部，随时都可以找到人。

村部几年前就从陇喊屯搬到三台屯来了，就在四级公路旁，与后龙村中心小学相隔不过百来米，一个宽敞的院子，功能齐全的村级公共服务中心，都是刚建成不久的。然鲁心里有些不痛快，村人千百年的习惯，早就坚固得像后龙山，也不是说改就能改的。他并不觉得这样办公有什么不好，群众来赶圩，顺便把事情给办了，大家坐到一起聊天，还能了解乡亲们的想法和难处，多好的事呀。城里人是不会明白山里人想什么的。然鲁嘴里却什么也没说，他就想等着看曹润林碰壁。

一连几天，村部冷冷清清的，一个群众也没来。曹润林埋头在自己带来的笔记本电脑前，不知道在忙什么。村部没有电脑，村两委没人会用。值班村干说，曹书记，等到现在都没人来，我先回家了啊，家里还有事。曹润林说，群众会来的。仍低着头，双手不停在键盘上忙碌。那不容置疑的语气，是然鲁和村干们所不喜欢的。

后龙村的人需要写请示或证明时，仍习惯去然鲁家找然鲁帮写。氏花拿出玉米酒，然鲁便和来客坐到饭桌边，先慢慢喝上几碗酒，天南地北胡侃上一阵子，才起身翻找出笔和纸，铺在饭桌上写，等到一份请示或证明写出来，一天也就过去了。

后来总算零零星星有群众找到村部来，却也是抱怨连天的，说原来那样多好呀，现在改来村部，还要绕一大弯，真麻烦。曹润林笑着说，以后习惯了就觉得方便了。曹润林的普通话，在一群说背陇瑶话的人中，很是生分。就这样拧拧巴巴地过了很久，一年多后，村两委和后龙村的人才渐渐习惯这样的办公方式。

时间仍然是涣散的。曹润林召开一个会，说好是上午八点半的,时间都过了人还没来齐,他拿起电话,一个个催,等到九点人仍没来齐。村干们慢吞吞的,家里总有一堆事等着他们完成后才能出门。曹润林很生气,冲然鲁发火,说他没有时间观念,不像一个当兵的人。然鲁也很生气。然鲁生气就不说话,他蹲在会议室门口,闷着头抽烟杆。他知道,曹润林是怪他这个支书没带好队伍,手下的兵纪律散漫。多少年了,村干都是半工半农,那点工资养不起家,他们要做村里的事,还要做自家的事,开会迟到是常有的。

村主任谢茂东坐在角落里不说话,不久前,他刚向村两委做检讨。他在邻县有个工程要收尾了,赶着去处理,说好请假十天的,谁知工地材料短缺,赶不回来,便拖延了几天。回后龙村那天,正好与曹润林在路上相遇,曹润林从摩托车上跳下来,开口就责问他,你这主任是怎么当的?村里你不在,入户你不跟,工作还怎么开展?你还是不是党员?那天下着毛毛雨,两个人就这么站在雨中,曹润林肃着脸,他平时说话声音就大,生气时声音更大。雨落在他们头发上,像白糖,白糖越积越多,掉下来,在他们脸上汇成河流。谢茂东说,我错了,以后我改正。曹润林仍坚持让他写检讨书,郑重其事向村两委做检讨。然鲁记得,谢茂东在检讨书里说,他做村干做上瘾了,还想继续做下去。然鲁不知道曹润林看到这行字时,会怎么想,也许只有做过多年村干的人才读得出其中滋味。谢茂东从19岁开始做村干，转眼20多年过去了，一个人最好的年华都泡在那里，能不做上瘾吗？1800元的村干工资，要供女儿读大学，供儿子读高中，妻子做苦力活也挣不来几个钱，谢茂东平时就接些工程补贴家用。三天两头来回跑，两头都不讨好，谢茂东好几次想辞职不干了，最后都没走成。长感情了，丢不下。几十年里，村干走了又来，来了又走，最后剩下来的便树一样，长出根须来。

| 五 |

从后龙山脚往上走，地头水柜像碉堡，一个碉堡接着一个碉堡，星星点点从石头间长出来。曹润林不知道那是什么。然鲁说，那是储存水用的，后龙村没有水，一村子的人一年到头，就等着望天水了。曹润林便走到水柜边，看到细长脚杆的活闪虫，在水面上悠然地划来划去。树叶飘下来，落在水里，有些腐烂了的，就半沉半浮地悬在水中间。池水浑暗，看不到底。

后龙村的人都喝这水吗？曹润林问。

是的。然鲁说。

村部也是这水？

是的。

曹润林吃住都在村部。然鲁想，以后他该吃不下饭了吧。几年前，有几个城里人来后龙村捐资助学，送棉被衣物书包等给学生，然鲁一大早就准备饭菜给他们。一个女孩子看到水柜里的水，吓得惊叫，说，就吃这种水呀？那顿饭便再也吃不下去。女孩子说，为什么不从县城拉纯净水来吃呢？早知道我们拉一卡车的纯净水来。然鲁把目光从她脸上挪开，望向她身后的山，视线所到之处，全都是暗灰灰的石头，像一群群羊，沉默地卧在灌木丛里、荒草里、玉米地里，似乎抽一鞭子，它们就会撒开腿，满山遍野跑起来。后龙村的土壤之下，是坚硬的碳酸钙岩层，从地面往下钻孔，根本找不到水源。为了修建这些水柜，后龙村人费了多大劲，政府费了多大劲，一个大城市来的女孩子是无法理解的。玛襟说，城里人的心是往上长的，山里人的心是往下长的，都长不到一块儿，他们怎么会知道我们想哪样呢。

水柜里的水够吃吗？曹润林又问。然鲁说，那就看老天爷了，要是雨水足，水就够，要是遇上天旱，那是不够的。

那怎么办？

挑呗。去有水的地方挑。有时候就去县城挑。现在路修通了，方便多了，用摩托车拉。见曹润林的眼睛还没从他脸上挪开，便又说，把水灌进50斤装的塑料壶里，拧紧盖子，左一个右一个，牢牢绑在摩托车后面，就可以拉回来了。政府也会送水来。用车拉，消防车，一车车的，送到村里来。

曹润林便没再说什么。以后，仍然吃住在村部。然鲁开始有些喜欢这个年轻人了。

那段时间，几乎天天爬坡走户。进屯的路多是砂石路，路是从山半腰硬生生劈出来的，一边贴着山体，一边临着深谷。曹润林坐在面包车里，把头伸出去，又缩回来，连连说，这太危险了，应该装安全防护栏的。然鲁看了一眼深谷，谷底有人家，八九家或十来家，窝在谷底，或是贴在山半腰。路七拐八弯，将深谷里的屯连起来，要是有一只大手，把路扯起来，那一定像扯着一根红薯藤，嘟噜噜牵出一串红薯来。

面包车在山道上爬了一截，便靠到路边不走了，接下来的路需要用双脚爬。我们仰头，看见一个Z叠着一个Z，从山脚，拐来拐去地向山顶攀去。那些Z新崭崭的，从山体破出来的石头颜色，白得晃眼，非常突兀地从绿色和黑色里显现出来。然鲁说，进盘卡屯的路是2013年7月修通的，被雨水冲坏了，车走不了。政府年年修，雨水年年冲，有哪样办法呢，老天爷就这么恶。

路陡，石头硌脚，走起来很费劲。一路是雨水冲刷的痕迹，原先藏在土里的石头裸露出来，高高低低立了一地。而路总像是没有尽头，一道弯又一道弯，从人的头顶盘旋而上。路旁不时见到摩托车，也不知道停放了多久，都长出锈来了。

然鲁说，这是村民丢弃的摩托车。他们骑到这里坏了，就丢在这里了。

我和曹润林都很惊讶，在盘卡屯，摩托车竟然可以像一次性用品，坏了就丢了。这真超出我们的想象。我们一路谈论这些丢弃的车，一路感叹。山那么高，路那么陡，谁又愿意费九牛二虎之力扛下山修理呢？叫修车的人来拖下县城，费用和买一辆新摩托车差不多，只好丢弃。曹润林已经不像我第一次见时那么白净了，他背着双肩包，条纹T恤被汗水浸透，湿湿地贴在身上，也不知从哪儿摘来一张广荷叶，当成草帽倒扣在头上。

爬到山顶，终于看到盘卡屯了，窝在山底，零零散散的几户人家。其实是30户，看不到的那些，还窝在更深的皱褶里。于是又盘旋而下。山越高，土越少，玉米苗从石头缝隙长出来，瘦瘦弱弱的。几只山羊挂在高高的石壁上，啃食树叶，它们纵身一跃，在陡峭的石壁上奔跑自如。

房子是一层砖混平房，白墙蓝瓦，整齐划一，沿着地势，从石头上建起来。几年前，这里还全是低矮狭窄的茅草棚，政府实施茅草房改造后，才变成了瓦房，后来又变成了砖混平房。四周很静，看不见家禽家畜走过，盘卡屯的男人女人盘腿坐在家门前，闲闲地抽烟杆，聊天。一个又一个鸟笼挂在树上、篱笆上、屋檐下，画眉鸟在笼子里上下跳跃。

然鲁说，这是曹润林博士，区财政厅派到我们后龙村来的第一书记，这是县文联主席罗南。大家的脸便都转向我们。

曹润林说，我是财政厅的曹润林，大家叫我小曹好了，我就住在村部，大家有事可以随时找我。盘卡路不好走，损坏得不成样了，一定得把它硬化，回头我就向厅领导汇报这个事。曹润林有些激动，我猜想，这一路走上来，他心里记挂的，就全都是那些锈迹斑斑的摩托车了。

然鲁扭头看曹润林，又看我，他一定很意外曹润林说这话吧。凌云的雨季来势凶猛，每年一进入五月，强降雨就一波紧接一波。盘卡屯几乎就在后龙山最高处，山洪顺着盘卡路冲下来，犹如千军万马，那阵势，根本没有什么东西能够阻挡。他不觉得硬化盘卡路是个好主意，就算真硬化了也是白费，暴雨一来，什么都不会留下。然鲁保持原来的姿势，什么也没说。盘卡屯的人眼睛全都亮了起来，他们说，好哟，曹书记，这个路早该硬化了。

——盘卡路最终没有硬化，盘卡屯的人每次见到然鲁，总不忘说，嘀嘀，哄我们老百姓，说帮硬化盘卡路又不帮，讲话不算数。一直到2017年，县里将后龙村的盘卡屯、陇茂屯、陇金屯、冷洞屯、凉水坡屯等五个屯列入整屯搬迁的规划后，我们一次次爬上盘卡屯动员村民搬迁，他们仍在提这事。——也就在那个时候，我们才深切体会到，说服后龙村的人搬下山竟比修一条路上盘卡屯更艰难。

我没见到迈囊,盘卡屯的人说他一大早就上山猎蜂去了。迈囊跟第十个儿子住,儿子儿媳长年在外打工,留下三个孩子给他帮带。迈囊是我的帮扶联系对象,我还会无数次来盘卡屯,无数次来迈囊家,接下来的几年里,会有大段大段的时光足够我和迈囊说过去,说未来。

那天,我们就在盘卡屯走访,走进一家,一个老奶奶正在吃饭,菜是一碗青菜。又走进一家,两个小女孩也正在吃饭,菜同样是一碗青菜。几乎所有的人家都差不多,一样的饭菜,一样四壁空空的房屋。整个盘卡屯,全都是低保户。曹润林低头记笔记,盘卡屯的人将目光热气腾腾地伸向我们,传递到我这里时,全变成沉甸甸的石头。我有些无措,内心里有很深的无力感,仿佛深潭里伸出很多双手,而我却无能为力。然鲁又坐在一旁抽烟杆了,细长的眼睛半眯着,也不知有没有听到身旁的谈话。下山的时候天已黑透,我们打着手电筒,一路谈论盘卡屯的事。每说到一户,然鲁就将他们的故事展开,那些苦难便血肉丰满地呈现在我们脑海里。我扭头看曹润林,他正好看过来,黑暗中,我看不清他的脸。

几个月后,曹润林从区财政厅申请到扶贫资金,把村部到陇署屯的主干道,全都装上安全防护栏。又将陇喊屯、陇兰屯等八个屯进行屯内硬化。县住建局将更多的太阳能路灯装进村里来,原先寂寞的几盏便热闹起来,流水一般,一点一点亮到大山深处。

| 六 |

危房改造一座接一座进行,地头水柜一个接一个建,进屯路一条接一条修,92.6%的石漠化面积,让后龙村的每一件事都变得无比艰难。伍奕蓉书记、莫庸县长隔三岔五就到后龙村来,督查各项目建设情况,召集县直各相关部门开现场会,协调解决困难和问题。然鲁感觉到,现在的节奏真是越来越快了,一切都以过去十倍百倍的速度在推进。

然鲁常和曹润林争执,为屯级路选址的事,两个人都将话说得硬邦邦的。曹润林坚持要把路从山坳修到长洞屯,再修到下寨屯,让路从人家户前经过。这样两个屯的人出行就方便多了,车子可以开到家门口。然鲁说不行,其他村干也说不行,路占土太多,群众不会同意的。曹润林不甘心,召集了几次村民大会,都遭到群众强烈反对,最后不得不放弃这条路。

曹润林很沮丧,他独自坐在会议室里,长久不说话。然鲁看得出,他眼里有深深的无奈。他会不会觉得后龙村的人目光短浅呢,从村干到村民,全都目光短浅。平心而论,曹润林是对的,也许再过10年20年,那两个屯的人都能开上小车,到时又该抱怨路没从家门前经过了。可村里的事就是这样的,得先顾眼前。后龙村的年轻人都外出打工去了,村里只剩下老人和孩子,远一些的地没法种,丢荒了,近的地再被路占去,群众无论如何都不会同意的。

曹润林一定也看到那些土了,薄薄的土,一眼就看出瘦,玉米,红薯,火麻,饭豆,黄豆,吃力地从土里长出来。构树倒是肥硕的,滥长在玉米地里。后龙村的人种玉米时,就把地里的构树连根拔掉,只留下坎边石缝里的,构树便也听人的话,只在坎边长。那是留给猪吃的。后龙村的猪,能把构树叶从农历三月吃到腊月。

曹润林总不忘说种养,吃饭说,走路说,开会说,然鲁知道他在想什么。多少年了,后龙村就只种那几样农作物,它们好养呀,扔进土里,几场雨就能长出来,尽管瘦弱,毕竟还是长出来了,而挑剔的农作物在后龙村是长不出来的。后龙村的人还喜欢养山羊。山羊是山养大的。每天把羊赶上山,又把羊赶回来,羊就自个儿长大了,人费的只是力气。力气当然算不上数的,后龙村的人算账,从来不把力气算进去。只是2017年之后,山羊就不能再养了,县里禁牧,说是山羊对生态破坏太大,再也不能任由它们满山乱跑了。猪却是不敢多养的,吃得多,费粮食,每家只一头两头的,慢慢养着留过年。后龙村的粮食,人都不够吃,哪还有猪的份,平时就打些红薯藤、构树叶之类的,混进玉米糠里喂。猪吃不饱,养到年尾,仍然毛茸茸的,不长肉。

仍然爬山走户,带路的有时候是然鲁,有时候是其他村干,几乎天天走,村干们走得想哭,一些窝在深山里的屯,还得双手双脚攀爬。曹润林个子高,腿长,他走两步,村干们得走三步。曹润林走得快,村干们常常被落在后面几十米,他不时转回头来调侃,你们呀,还是太缺乏锻炼。天知道呢,一个城里人,居然比山里人还能走。

去高坡屯那天,是然鲁带路。走了几户之后,穿过一片空阔的地,就看到荣宝荣金家了。两间破旧的木瓦房,摇摇欲坠,四周用塑料薄膜围起来,风吹动,便哗哗地响。哥哥荣宝70岁,妻子早年病故,留下一个哑巴儿子,弟弟荣金65岁,一辈子没娶。三个人住在一起,日子实在难过。还是十几年前的事了,当时政府给500元建房费,需要本屯人投工投劳帮建房子。然鲁动员了很久,却没人愿意,房子建不成,便帮他们申请了五保户,吃救济过日子。后来国家又出台了危房改造政策,只是这家人自身没有建房能力,也就算了。然鲁一直觉得这事办得潦草,却也一直这么潦草地过下去,如果不是带曹润林来到这里,或许还会继续潦草下去。后龙村的事,潦草的多了去了,就像一个人,身上的虱子多了,也就不觉得痒了。其实然鲁不想把曹润林带到这里来的,曹润林的表情有时候像刀,割得他不舒服。——见到荣宝荣金和那哑巴儿子,曹润林果然又流露出刀的表情,不,不是锋利,是怜悯。然鲁不喜欢怜悯,却也明白后龙村需要怜悯。倒是曹润林,走了几个月的户,原先的激动渐渐平息下来,明白后龙村的事,并不是他想象中的简单,它们像后龙山遍地的石头,从地底长出来,轻易看得见,却不轻易搬得动。屋子里很乱,所有的物什都镀有一层厚厚的黑垢。兄弟俩抽着烟杆,笑着说自己的难处,像是说一件久远的事,或是别人的事。在后龙村,极少看到愁苦的脸,每一个人的苦难都很平静。曹润林沉默地将这些难处记进笔记本里,不久后,他把这家人迁到了陇法屯,并申请到危房改造补助,帮代建了两间砖混平房。

荣宝荣金搬走后,一个屯就空了下来,曹润林看着空荡荡的地,突然兴奋起来,说,这里拿来养猪多好呀,远离人家,方便防疫管理。然鲁猜想,曹润林琢磨养猪,一定琢磨了很久。

曹润林想建一个养猪场,养 1000 头猪,再种 300 亩构树。猪吃构树叶,猪的粪便又能养构树,形成一个循环。1000 头猪呀,后龙村的人想都不敢想。——猪又不是光吃构树叶就能长大的,还得放玉米糠。1000 头猪得费多少玉米糠呀？全后龙村的粮食加起来怕也没这么多。

莫庸县长来调研了几次，后来伍奕蓉书记和区财政厅领导都来了，在高坡屯开现场会，决定由凌云县农投公司和凌云县那山生态公司一起加入，在后龙村合作发展黑山猪养殖产业。区财政厅给了170多万帮扶资金，租赁村集体的土地建设养猪栏舍。养猪场就真的建起来了。这个占地十亩的养猪场，一直到2018年3月才正式投产运营，当年出栏420头黑山猪。后龙村第一次有了村集体经济收入。

村两委越来越忙了，2017年之后，电脑使用的频率越来越高，交通、住房、饮水、教育、医疗，还有很多烦琐的台账资料，都需要通过电脑，形成文字，形成表格，输进网络系统。后援单位县法院送来两台电脑和打印机，村两委都开始学习使用电脑，然鲁却弄不成那鬼东西，只要一坐到电脑前，他的脑子就笨，指头就笨，怎么也记不住那些操作。他看着旁人将一大摞一大摞的资料输进电脑，或是将一大摞一大摞的资料从电脑里输出来，一点儿忙也帮不上。然鲁仍然习惯用纸和笔，谁家刚生小孩，谁家刚娶媳妇，调解纠纷时谁说了什么，谁领了多少低保，谁交了多少党费，全都记到纸上。——我见过然鲁的笔记，厚沉沉的16本，然鲁的字真是好看，苍劲洒脱，一点儿也不像是只读过小学五年级的人所写。

我老了。然鲁说。他嘴里含着烟杆,那些话跟着烟雾飘出来,进到我耳朵时,便像是残缺的。从66岁开始,然鲁就说这句话,说到67岁,话便也老了,像锈掉的铁,轻轻一碰,就哗啦啦掉下来。门外的天色在我们谈话中暗下来,然鲁的声音消散在黑暗中,便也生出寂寞来。玛襟90岁的时候,还满山追赶山羊,67岁的然鲁当然也没有老,是村里来的那些年轻人让他感觉老了。

67岁这年,然鲁把村支书的担子卸了,交到谢茂东手上。谢茂东是汉族人,他祖父从一个汉族村寨搬到后龙村时,他父亲还只有三岁,算起来,那都是快一个世纪的事了。然鲁是看着谢茂东长大的。1995年,19岁的谢茂东在百色龙川乡挖矿,是然鲁把他找回来,动员他做了村里的文书,转眼,谢茂东都已41岁了。

然鲁又下县城去了,他每天骑着三轮车,接送孙女上学放学,有时候在大街上遇见,他便老远朝我笑眯眯挥手,三个小女孩花朵一样在车厢里笑。然鲁仍每晚回后龙村来,他骑着三轮车,从村级路走过,从屯级路走过,这里的一切都是他熟悉的,每一段路,每一个水柜,每一座房子,每一个人,而这一切,他又将越来越陌生了。

曹润林任满即将回区财政厅时,年已经很近了,后龙村开始接二连三杀年猪。谢茂东家的猪突然不吃潲了,他对曹润林说，曹书记，我家的猪不吃潲了，干脆杀了，请大家去帮忙吃。不几天，村主任石顺良家的猪也不吃潲了，也请大家去帮忙吃肉，接下来村两委的猪都纷纷不吃潲了，曹润林这才知道，后龙村请人吃饭时，就会谦虚又幽默地说猪不吃潲，他感觉到离别的伤感。几天后，曹润林在村部请村两委吃饭，他端起满满一碗酒，笑着说，我是博士，但厅里准备派一个比我水平更高的人来接我的班，他叫于洋，清华大学研究生。

酒一碗接一碗下肚，感伤却来得更猛烈了，每个人的脸都灼烧成火焰，于洋的名字在酒席上被无数次提起，大家都很好奇，那个即将来后龙村的年轻人，究竟长什么样子。

氏努

| 第三章 |

| 一 |

第三次，我和于洋仍没能看清，那竟是个少年，猛然从草丛间蹿出来，在我们眼前一晃，人就到了树上，然后像蝉，趴在树干上一动不动。风吹过，树摇晃，他跟着摇晃。谢茂东仰头瞟了一眼，说，是阿近。他波澜不惊的表情，让我们相信，后龙村的孩子可以像山羊，像猴子，还可以像蝉。

看见人家屋舍，刃一样锋利的芭茅草渐渐往后退，最后一丛在山半腰，穿过一个由石窝拓凿成的水塘，就全都不见了。氏努坐在地里抽烟杆，锄头扎进土里，柄横下来就成了凳子。一个头发蓬乱的小女孩趴在她肩上，玩她的头发。氏努不耐烦地抖抖肩，没抖脱，再抖一下，仍没抖脱，便骂了几句。小女孩不理睬，拿袖口抹了一把鼻涕，仍然黏在她肩上。

阿娅,薅玉米草呢?谢茂东说。氏努抬头看向我们,硕大的银耳环晃在脸侧,皱纹纵横,看不出年龄。后龙村的人上了60岁,就没有年龄了,有时候60岁像七八十岁,有时候七八十岁像60岁。

没人在家,都出去找钱了,就我一个老太婆守着寨子。氏努含着烟杆嘟囔,听起来更像是自言自语。

这是我们后龙村新来的第一书记,于洋书记。谢茂东说。氏努眼都没抬,说,我不搬的,我哪儿都不去,我就死在陇金了。于洋听不懂背陇瑶话,谢茂东翻译说,老人家说她死都不搬。于洋便沉默,初见后龙村时的惊艳早被一个又一个惊讶覆盖。他刚来到后龙村时,正遇上满坡满岭的桃花李花,花开得太盛,以至于让人猛然跌入春天,忽略掉土的瘦。

一个外地人的惊艳,从百色市往凌云县驶来的那一刻就开始了。一路是山,层层叠叠直冲云霄的山。路在这些山里左拐右拐,数不尽的弯之后才是凌云县城,数不尽的弯之后才是后龙村村部,雾从山脚一直跟上来,车拐,它也拐。雾它有脚呀,车停时,它在山腰,车动时,它在山尖,一切都美得脱凡超俗。那时候,云雾骗了他,桃花李花骗了他,整个春天都骗了他。现在,那些恶一点点显露出来了,无论走到哪儿,都能看到它们或清晰或模糊的影子。就如现在,满眼裸露的石头就叫他窒息,它们把耕地挤占得零碎不成片,那样薄的土,像是谁随意用手捧起,浅浅地铺在石面上。所有的农作物都是瘦的,就连杂草也是瘦的。

于洋冲着氏努笑,除了微笑,他似乎也没办法表达更多的东西了。多半时间,他的普通话是失效的,它们无法抵达上了年纪的后龙村人。每每那些时候,他的语言是石头,他们的语言也是石头,需得谢茂东这样能通达两种语言的人才能化解。于洋还想让谢茂东帮捎些话,氏努却拿起锄头,弓着腰薅草了。她背对我们,黑的衣裤隐在玉米苗间,和四周黑黢黢的乱石连成一片,晃眼间,还真以为那也是一块石头。

真的是空寨子,我们走了几户都没人在家。陇金是后龙村五个整屯搬迁的屯之一,全屯九户人家共38人,我们看到的却只有七栋房子,有两栋已经坍塌了,一个用铁皮搭建的简易棚子从垮塌的地方长出来,明艳的湛蓝色,很是醒目。

氏努的名字钉在门上,信息表卡显示出,这里住着三个人,有高龄老人和孤儿,最弱的群体都集中在这个铁皮棚里了。竹子编扎的墙,竹子编扎的门,虚掩着。我们推开门,眼前一片凌乱,一张木板横成床,卷成一团的衣物,辨不清颜色,胡乱地挂在墙上,堆在床上。实在无法想象,三个人是如何挤在这狭小的空间里吃饭睡觉的。谢茂东说,氏努小儿子的房子就在坎上,那是一座木瓦房。铁棚这里原来也是木瓦房,是氏努大儿子一家子住的,十几年前大儿子喝酒喝死了，大儿媳改嫁，房子没人打理，就朽塌了，两个孤儿跟着氏努过活，大的那个已经能下广东打工了，小的那个还天天爬山上树。喏，就是我们走过来时，挂在树上的那个娃娃。

这个屯，之前县里镇里村里都来过很多次，劝动了几家，仍有几家劝不动。和其他四个屯一样，陇金屯的人把房子搁在山里，把老人孩子搁在山里，然后外出打工，一年到头才回来一次两次。没有年轻人走动，杂草便蔓过来，把路占了，把地占了，山便也更荒更深了。老人们被杂木乱草封阻在深山里，耕种着瘦瘦的土，却说什么也不愿意搬走。

我们沉默地往回走，于洋低着头走在前面，我从他后背看出孤独来了。他背着双肩包，里面是笔记本、笔、纯净水、伞，还有一些零食，见到村里的孩子，他会抓出几个面包或一把糖果，分给他们。刚在村部见到于洋时，我很惊讶，他真是太年轻了，还像个在校生，白白的脸，细眯的眼，人还没笑，两个酒窝就先露了出来，这让他看起来有些腼腆。于洋听不懂桂柳话，更听不懂壮话背陇瑶话，村两委使用的语言，没一句是他能听懂的，有时候大伙儿正说着话，村干们的桂柳话壮话背陇瑶话不自觉地流了出来，说到一半，想起于洋，才又切换成普通话，于洋便总像是被隔在村两委之外。隔在后龙村之外。

后龙村24个自然屯480户，不论前一任第一书记走过多少遍,于洋仍得再次一遍遍地走。白天去远的屯,晚上去近的屯,打着手电筒,拿着笔记本,将每一户的情况记下来。路上遇到偶尔走过的人,也要停下来聊聊,将他的情况记进本子里。谢茂东等在一旁,有些不耐烦,觉得这个第一书记未免书生气太重。村里的情况,待久了走多了自然就清楚了,一年半载的,就算再怎么不情愿,村里的每一户,都将会烂熟于心。等了好一会儿,于洋仍在聊,谢茂东忍不住低声嘟囔,说记这些有哪样用呢。于洋听见了,也听懂了,可他什么也没说。来后龙村第一个月,于洋听懂的第一句桂柳话就是这一句。

伍奕蓉书记再次来调研时,于洋已来后龙村两个多月了,于洋坐在村部会议室里汇报工作,没拿讲稿,却能将后龙村的村情民情说得条理分明一清二楚。伍书记很高兴,笑着说,好嘛,于洋,底数摸得这么清,说明工作做得很扎实,把后龙村交给你,我很放心。村两委第一次发现,这个腼腆斯文的第一书记其实是个狠人,他记着笔记,竟是将整个后龙村都嚼进心里了。

没有人说话,山便静得闷沉沉的,路上全是石头,刚刚被人从地底掀出来,连带着新鲜泥土,散落一地,空气里充斥着潮湿的泥土气息。是阿近。谢茂东说。

他掀石头干吗?于洋问。

不知道。他就喜欢掀石头，村里的路常被他掀得乱七八糟的。后龙村的人都怀疑他脑子有问题，不过，氏努是不会相信的，也不允许别人说，谁说她就跟谁闹。氏努骂架恶着呢，她能一连几天追着一个人骂，大家都不愿意招惹她。

走过氏努薅草的地方，地头已没人了。过膝高的玉米苗在山风中，左摇摆，右摇摆，风过后，又全都立起来，恢复成缄默的样子。山野寂静，连虫儿都不叫一声，像是氏努从不曾来过。回头，人家屋舍已看不见了，芭茅草又从我们脚边长出来，越来越密集，我们需得用双手扒开，才能找得到下脚的地方。谢茂东走在前面，遇到高的坎，就率先跳下去，站在坎下，伸出手来援助我们。他熟悉地形，哪儿有沟哪儿有坎哪儿有尖锐的石头，隔着高过人头密不透风的杂草，他全都知道。爬了一个多小时荒坡，才又看见公路。是屯级路，全都硬化了，沿着山势盘旋，伸进更远的山里。现在整个凌云县，除了需要整屯搬迁的地方，20户以上的屯全都通水泥路了。我们早上乘坐的面包车还停在路边，等下得山来，还需坐上面包车，行驶约半个小时才能到达村部。

| 二 |

只要不提搬迁，氏努就是温和的，她把几个红薯芋头扔

进火塘里，拨弄火灰，把它们埋起来。小女孩偎在她怀里，眼睛从臂弯下偷偷望向我们，我看过去时，她就把脸藏起来，埋在氏努腿上。小女孩有些木呆呆的，少了这个年龄段孩子常有的活泼。于洋从包里掏出牛奶，递给她，她把头缩进氏努的后背。于洋拆下包装，把管插进牛奶盒里，再次递给她，小女孩怯生生地看了于洋一眼，又看了氏努一眼，接过去，放进嘴里吸起来。也许是因为氏努脸上的笑容，我感觉，屋子里的一切都是暖的，氏努，小女孩，于洋，还有我，全都被火光烘出暖暖的颜色。雨打在瓦片上，弄出很大的声响，画眉鸟被困在屋檐下，焦躁地跳上跳下。我们是冒着大雨爬上陇金屯来的，如果没有这场雨，也许我们就找不到氏努了，山那么高，草那么荒，没人知道她会在哪块地里劳作。

大多数时间，氏努住在小儿子的木瓦房里，帮着照看七岁大的小孙女和一头猪。儿子儿媳在县城附近帮人砌墙，儿子不常回来，儿媳倒是常回来的。

都是命呀，谁也恶不过命。氏努叹了一口气。提起过去，氏努总是叹气。十几年前那个圩日，她一大早就听见大儿子大儿媳出门的声音，小儿子小儿媳出门的声音，整个陇金屯，在圩日的清晨总是热闹的，大家都赶个早，下到县城赶圩。氏努没去，上了60岁，她就不怎么赶圩了，家里要买的东西，要卖的东西，全都交给儿子儿媳打理，她不管事的，平时就帮着喂喂猪喂喂牛看看小孩子。两个儿子的房子挨在一起，这家猪那家娃的，全都能顾得上。小儿子夫妇先回来的，大儿子夫妇回来的时候，她已经睡下来了，她听见大儿子拖长了尾巴的声音，舌头像被绳子绑起来，就知道他又喝醉了。她没在意，大儿子几乎每个圩日都醉，她都习惯了，背陇瑶男人哪有不喝酒的呢，千百年都是这样喝下来的。鸡叫头遍的时候，她听见有人哭，迷迷糊糊的，还以为是做梦，仔细一听，是大儿媳的声音。跑过去一看，大儿子躺在床上，已经没气了。

那时候，两个孙子，一个七岁，一个三岁。她看着哭得声嘶力竭的大儿媳，看着年幼的孙子，像是看到了很多年前的自己，便也放声大哭起来。她是在哭她自己呀，男人捉蛤蚧从崖上摔下来死去那年，她也不过38岁，谁能说得清命呢，将近古稀之年，儿子又喝酒喝死了。

最开始那两年，她的心一直悬着，害怕大儿媳一走了之。大儿媳倒也没走，整天两眼死灰灰地干活。看到那双眼，她倒是放心的，有着这样眼睛的女人，是不会丢下儿子走的。到了第四年，大儿媳的眼睛泛活了，就像春天快要来临时，桃树李树抽出来的米粒大花苞，只差几场风几场雨，就会开得张张扬扬，满坡满岭都是。她的心不由得又悬起来，果然，有一次，大儿媳下县城赶圩，便再也没有回来。她坐在大儿子木瓦房的门槛上，骂了几天几夜，可有什么用呢，骂得再厉害，那个起了心思的女人也不会回来了。后来听说，那女人跟着一个男人去了另一个乡，那里有好田好地。十几年过去，从不回来看两个儿子一眼，似乎她从来没有生养过他们。

氏努又叹了一口气，说，也难怪，重新成了家了，先前生的就成了累赘，那边家也不乐意让她回来认的。两个小娃娃造孽呀，阿卜[1]死了，阿迈[2]跑了，他们就只有阿娅了。

红薯芋头的香气从火塘里溢出来，氏努拿起钳子，把它们扒出来，拍掉灰，递给我们。于洋拿起红薯，默默剥开皮。从走进家门的那刻起，于洋便一直沉默。氏努的事，谢茂东都跟他说过了，因此氏努叹着气说起往事时，不用翻译，于洋也能猜到氏努在说什么。

于洋把剥好皮的红薯递给小女孩，说，奶奶，这小姑娘过几个月也该上小学了吧。我用壮话把于洋的普通话翻译给氏努听。我和氏努说的是壮话，后龙村上了年纪的背陇瑶人只会说背陇瑶话和壮话。算起来，我也和谢茂东一样，是一个能通晓两种语言的人。

氏努说，是呢，九月份该上小学了。她阿卜阿迈想让她

---

1 阿卜，背陇瑶方言，音译，指爸爸。
2 阿迈，背陇瑶方言，音译，指妈妈。

去县城读，她还有两个哥在县城读初中。

奶奶，陇金屯的人都快搬走完了，等小姑娘上了学，您也搬下山去吧，政府给的新房子就在县城，小姑娘上学方便，您儿子儿媳在县城做工也方便，阿近兄弟俩以后找对象也方便。于洋说。

他们要去就自己去，我哪儿都不去，我就死在陇金了。氏努说。她的脸暗了下来，原先很暖的东西在一点点消散。于洋便又沉默。

阿娅，阿近怎么不见在家？我小心翼翼地问。来之前，谢茂东就警告过，不能跟氏努提阿近，可我还是忍不住问了。氏努的眼皮猛然跳了一下，警惕地看着我，然后才淡淡地说，他上山玩去了，要到很晚才回来。男孩子调皮，整天不着家的。

走出氏努家的时候，雨已经停了。氏努把我们送到大门口，小女孩牵着她的衣角，也跟着走了出来。寨子里真是太静了，那些房子立在那儿，一点儿生气都没有，像是整个寨子荒芜得只剩下这祖孙俩了，不，是整个世界荒芜得只剩下这祖孙俩了。我内心不由生出悲凉来，忍不住走过去抱了抱小女孩，对氏努说，阿娅，我们回去了，下次再来看你。氏努似乎松了一口气，愉快地说，下次再来阿娅家，莫要拿东西了，害得你们爬坡累还费你们钱财，这怎么可以呢。我们笑着朝她挥挥手，便往山上爬去。刚下过雨，路滑，得很小心地踩着石头走。又看见那个水塘了，后龙村最原始的水塘，一块巨大的石头，往下深深地凹出一个大槽，陇金屯的人用凿子把槽的周围凿宽，再用水泥把一头封起来，变成装水的塘子。等到下雨的时候，雨水就会从另一头流下来，汇进塘里。这个水塘已经很多年不用了，寨子里另修得有水柜，如果不是路过时看到，也许都没人想起它来。

地头水柜里蓄满了水，水塘也是满的，都盈到边沿来了，于洋便欢喜起来。今年春天，天旱得厉害，后龙村几乎所有的水柜都只浅浅地剩下一层水了，有些村民憋不住，老早就打来电话，要求政府送水。好在四月份快结束时，终于盼来了雨，常常半夜里，一场暴雨突然就来了。于洋和村干、驻村工作队队员们打着手电筒，爬到山头去查看水柜，疏通进水口。路况不好，头顶是电闪雷鸣，天地之间，似乎只剩下无休无尽的雨了，巨大的石头滚落下来，堵在半路，看得人心惊肉跳。村干们倒是镇静的，像是这样的事，稀松平常得如同穿衣吃饭。于洋的心却是紧缩着的，一个河南人，大概从没见过这样的矛盾，水柜里是干旱，山道上是洪水滔滔，大家都奋力想把这些水逮住，引进水柜里。

谢茂东说，现在已经好很多了，政府帮建了那么多水柜，以前一年里至少有三四个月是没水的，老一辈人用水都非常珍惜，一盆水，全家人轮流洗脸抹凉，再轮流洗脚，最后才拿去煮猪潲喂羊喂牛。在后龙村，糟蹋水和糟蹋粮食一样，是会被父母狠狠责打的。老辈常告诫晚辈，糟蹋水糟蹋粮食，就会被天咒，被雷公打。

谢茂东说得随意，于洋却忧戚起来，这个春天之后，每一场雨都会让他敏感，会让他想到后龙村的地头水柜，想到从山坡上滚落下来，堵在路上的巨石。

水塘里隐约有红光晃动，仔细一看，竟是一条小金鱼，在浑暗的水中悠然地摆尾巴，浑然不知自己来到了一个异常缺水的地方。抬头看四周，不见一个人影，水塘里的金鱼便梦一样不真实。会是阿近吗？那个我一直不曾看清面目的少年，把一条金鱼养在被人遗弃的水塘里，像养着一个秘密。

| 三 |

凌云县110个村（社区）中，就有57个贫困村，其中24个是深度贫困村，3个是极度贫困村，易地扶贫搬迁任务无比艰巨。七天国庆假，莫庸县长都用来走点了，陶化村、弄福村、后龙村，还有全县16个易地扶贫搬迁安置点。进入2018年，扶贫工作的节奏压得更紧了，时间总像是不够用，用上周末，用上节假日，仍有一大堆事堵在前面，乱麻

一样，将我们整个人缠裹住，透不过气来。

我们跟着莫县长往陇金屯爬去那天，阳光早早就打到山坡上，头一天下过雨，路很滑，芭茅草挂满水珠，锋利的齿牙藏在晶莹剔透里，我们走过时，每个人都落了一身水，尽管十分小心，裸露在外的皮肤仍被割了好几道。

这条路，于洋已经很熟了，他和谢茂东在前面引路。只不过几个月时间，于洋就变黑变粗了，和村两委站到一起，再也不能一眼就认出，那个自治区财政厅选派来的清华大学研究生。

沿途很静，屯里人大多搬到山下去了，整个陇金屯就只剩下两户人家，确切地说，只剩下氏努一家人。

氏努小儿子夫妇都在家，他们刚砌完一处工地上的墙，一时还没有接到新的活儿，便回来收玉米。我们走进家门时，他们刚从地里背玉米棒回来。莫县长翻开帮扶手册，看到三个正在上学的孩子名字，不觉眼睛一亮。——我们太熟悉这种表情了，那也是我们常有的表情，走村串户时，见到谁家有孩子读书，就觉得有无限希望。莫县长说，大家都搬走了，整个寨子就只有你们家了，你们在县城打工，都还租房子住，政府给的房子，为什么不要呢？你们家还有三个小孩读书呢，为了让这三个孩子有个更好的环境和未来，你们也应该搬出去。

氏努小儿子40来岁，寡言少语，看起来有些木讷，他妻子30来岁，倒是快言快语的，她说，阿迈死都不愿搬下山，我们有哪样办法呢？原先我们都把政府给的安置房钥匙领回来了，阿迈硬是骂得我们又把钥匙退回去。

走廊传来氏努的声音，她背着玉米棒，脚步沉沉地走过来，吊脚楼木板一路吱呀吱呀地跟着响。看到我们，也不说话，走到墙角，一抖肩膀，玉米棒便哗地从背篼里倾倒出来。

阿迈，县长来我们家。小儿媳说。

认得，先前来过几次了。氏努拍拍身上的杂屑，坐下来，开口便说，我哪儿都不去，我就死在陇金了。她的头发还沾有许多杂屑，草绿色的斜襟上衣绷开一颗扣子，整个人热气腾腾的。

劝的仍是那些话，一套房子在县城的价值，几十万，许多人要攒一辈子才能买得上，而他们只需搬下山，就能拥有。有了自己的房子，省了租金，打工找钱方便，孙子孙女们上学方便，将来找对象也方便。氏努暗着脸，不说话。

阿娅，搬下山了，你要是还想种地，随时都可以回来种的，这些地仍然是你家的。谢茂东说。

父母在家，小女孩变得活泼起来，像一条冻僵的鱼又活了回来，她在我们身旁跑来跑去，一会儿黏在她母亲肩上，一会儿黏在氏努肩上。氏努把她搂在怀里，用手指梳理她蓬乱的头发，叹了一口气，说，实在要搬就让我儿子他们搬吧，我就不走了，我老了，哪儿都不去，就死在陇金了。

氏努小儿子原先只是憨憨地笑，他的话都给妻子说完了，便也没有话说了，这会儿突然开口，说，阿迈不走，我也不走。氏努低着头点烟杆，一声不响地抽着烟，紧绷着的身子松弛下来，戒备着的神情松弛下来，烟雾弥漫中，那扬起的嘴角似乎在笑。我们知道，今天又将无功而返了。

结在氏努那儿，可我们却打不开。

从氏努家出来，莫县长站到铁皮棚前，看着门板上的信息表卡沉默了好一会儿，然后闷着头往前走，我们便也闷着头跟上去。陇金屯更荒凉了，藤蔓从四周伸过来，爬到没人住的房子上，窗棂、屋顶绿茵茵的。这些房子都建在石头上，土地太金贵了，陇金屯的人舍不得拿来建房子，便用锤子凿子，一点点把石头锤平凿平，砌成屋基，建成房子。按照政策，搬迁后，这些房子都要拆旧复耕的，其实就算不拆，终有一天，它们也会在岁月里坍塌，变成一地废墟，然后长出花来，长出草来，长出树木来。人的领地终究又变回植物动物的领地。

我们在寨子里走，将一座又一座房子看尽，不知不觉便走到了坳口，这里地势高，往后看是整个陇金屯，往前看是山脚下的凌云县城，一块巨大的石板卧在坳上，一旁的大榕树将枝丫斜伸过来，把火辣辣的阳光遮挡住。风从坳口吹过，很是凉爽，我们的衣服都被汗水浸透了，索性坐到石头上，歇一口气，喝水，啃面包充饥。我们脚下，凌云县城小得像沙盘，能清晰看到泗水河穿城而过，东一半是旧城，岑氏土司曾在那儿上演千百年的刀光剑影，西一半是新城，近十年发展扩大为旧城的两三倍宽。站在山头往下看，一千年的时光便在我们眼前变幻交替，而陇金屯的时光是怎样的呢？

正在独自痴想，一个影子飞快从树上蹿过，抬头看时，却不见踪影，只有树枝还在摇晃。我问谢茂东，刚才是什么东西从树上跑过去？谢茂东说，没看见呀，我没注意，也许是猴子吧。现在后龙村的猴子又多了起来，大概有七八十只，神出鬼没的，经常从山上跑下来，把玉米啃食得不成样。

我心底困困惑惑的，总觉得那应该是阿近，也许是我恍惚了。

等风把身上的疲惫吹掉一些，再掉一些，我们便起身往回走，看见氏努的小儿媳迎面走来，粉红色的斜襟上衣在山野里很是惹眼。见到我们，她不好意思地笑，说，寨子里没有手机信号，要爬到坳上才有。走了几步，又转过头来，犹犹豫豫地问，那房子，可不可以先给我们留着？阿迈不走，可我们还是要走的。

| 四 |

氏努小儿媳打来电话时，于洋正在种一棵朱槿，谢茂东笑他不事农桑不知季节，却也帮着一起挖坑填土。谢茂东喜欢说笑，他的笑话总是很冷，让人以为会从那里面长出尖锐的东西来，其实什么也没有，纯粹只是打趣，相处久了便也习惯了。

刚来后龙村时，谢茂东常跟在于洋和驻村工作队队员身后，把一楼的灯关了，二楼的灯关了，卫生间的灯关了。有一次，他甚至恼火得把卫生间的电线剪断，因为这些从省城从县城来的年轻人常常记不住他的提醒，让灯和排风扇没日没夜地开着。三番几次后，年轻人倒是记得关电了，却也记得谢茂东的细碎，可谢茂东又是爽快的，村里一些零碎的开支都是他掏钱垫付的。村里的人喜欢托他买东西，一截绳子，一个灯泡，这些零零碎碎的东西，谢茂东全都认真地记下来，下村的时候，就把东西捎去，有时在地头遇见，便一个站坎上一个站坎下，慢慢算那些应补还的零钱。

后龙村的人后龙村的事就是这样的，第一眼看不清，第二眼也看不清，需得融进去，与他们成为一体，才能真切感受到他们的内心。

春天种下的桂花树已开出满树的花，落得一地金灿灿的，院子里到处是香气。村部的空地都快被于洋用植物填满了，他时不时就从不知什么地方，挖来一株花一棵树的，移种到院子里，院子后面还种有两畦菜，养有十几只凌云特有的乌鸡。

每天都忙累，稍有空闲便只想躺下来玩手机，或约几个谈得来的朋友，喝酒打牌吹牛放松一下，于洋倒奇怪了，偏还愿意折腾。谢茂东说，你这城市仔，小时候吃肉都还挑剔，这些农活哪是你干的。于洋便笑，说他干农活的时候就是放松减压的时候，况且，在院里种些花草，种些菜，养些鸡，村部就有家的感觉了。于洋说话语速慢，什么时候看都是温和的样子，可这样的温和是长得有齿牙的，他总有足够的韧性，去完成他想要做的事。村干们实在无法理解，可当大家合力把一棵树一株花种下去，看着它们抽枝拔节，一日不同一日，便也生出感情来。

氏努小儿媳急吼吼的，说是阿近不见了，七八天都不见回家，要求村里去帮忙找。话筒里隐约听见氏努的声音，像是在哭又像是在骂。

我们赶到陇金屯时已是傍晚，木瓦房里一地狼藉，锅碗摔在地上，衣物扔在地上，氏努和小儿媳在收拾东西，两个人的表情却意外的平静，像只是家里有个小孩子顽皮，不小心摔碎了东西。氏努说，阿近回来啦，吃过饭又出去玩啦。小儿媳说，我把他关在房间里，他把东西打烂了就跑掉了。氏努便白了她一眼。

阿近是他阿冒[1]托胎来的呀，你把他像猪像牛一样关在屋里，他怎么受得了？他阿冒在世时，常常一个月半个月地睡到山上去，那有哪样稀奇的呢，我们老一辈还打猎那阵子，后龙村的男人谁不曾睡过山头呀。氏努絮絮叨叨，她的语速很快，小儿媳便找不到缝隙把话插进去。

阿近像猴子一样睡到树上去时，是小学三年级，学校老师跟氏努告状，说阿近经常旷课不来上学，可氏努每天早上明明看着他走出家门的。氏努问过阿近很多次，他都说不清没在学校的时间里，究竟去了哪里。有一次，氏努上山干活，意外看到阿近，跨骑在树丫上，两手抱着树干，头趴在上面睡着了。那么高的树，他却睡得那么安稳。氏努吓了一跳，心头突突直跳，也不敢唤醒他，害怕他受惊从树上摔下来。后来，同样的场景，氏努又撞见过几次，便觉得这个孙子一定是男人投胎来的。男人在世时，上山捉蛤蚧捉画眉鸟，爬崖爬树的，像踩着平地走。追捕猎物时，后龙村的男人常在山上过夜，有时一连几天都睡在山洞里，自己的男人却喜欢

---

[1] 阿冒，背陇瑶方言，音译，指爷爷。

睡到树上，身子灵便得跟猴子一样。男人从崖上摔下来，氏努差点把眼睛哭瞎了，后来她请巫，做法让她见到了男人，两个人抱在一起哭呀哭，男人答应她，会托胎转世，又回到这个家来。那么多年过去了，也不见男人给她一点启示。看到阿近睡到树上，氏努恍然大悟，原来男人已托胎成阿近，变成她的孙子，转回家来了。

阿近旷课越来越多，小学五年级时，索性不去上学，村里的人常见他在陇孟屯，把坎上的石头掀起来，一块块往路上扔，把路面弄得乱七八糟的，责骂他几声，他便躲起来。氏努一句重话都不说，背陇瑶祖祖辈辈，就没人靠读书吃饭的，阿近上不上学，其实并不重要。她疼怜这个没爹没妈的孩子，发现他是男人托胎后，更是对这个孙子多了一份说不清的偏爱。阿近从小就安静，不喜欢说话，不上学后，话更少了。他只是脾气越来越古怪，好端端的，突然就生气了，把家里的东西打烂，然后跑出去一天两天不回来。小儿媳说阿近脑子有问题，后龙村的人也这么说，氏努非常生气，上门堵住说的人，又哭又骂，闹了好几次，才把这些人的嘴巴封上。

阿近倒是听得进叔叔婶娘的话，他们还没出门打工时，阿近常待在家里，等到叔叔婶娘去县城帮人砌墙后，阿近开始往山上跑，一整天一整天地不着家，只在吃饭时，贼一般溜进厨房里，揭锅头揭鼎罐，找吃的，氏努便每天做好饭菜，等他回来吃。要是一天两天不见他回来,就到山上找。日子就是这样过下来的,阿近变成飞鸟,飞进山林,每天只在吃饭的时候,飞回这个家来。要是他不回来,氏努就上山找,总也能把他找到。这一次,阿近一连七八天不见人影,氏努找遍了他喜欢待的地方,都找不到人,才慌慌地跟小儿媳说,小儿媳又慌慌地给于洋打电话。

没有人知道那些天阿近去了哪里,他像一个无法破解的谜,突然消失,又突然出现。他在山林里藏着一个世界,那么多年来,没有人能走得进去。那天,阿近悄无声息地回来了,蓬头垢面的,像一个野人,他径直走进伙房,翻找东西吃。氏努小儿媳趁他不注意,猛然把他关进房间里,他野兽一样号叫,把房间里的东西全都打烂,破门而出,跑到山上去了。

奶奶,把阿近送到医院检查一下吧。于洋说。

氏努暗着脸,说,阿近没病。

检查一下,到底有没有病就知道了,有医保,又不费你的钱。小儿媳说。氏努又白了她一眼。都80多岁了,难不成还能老成精总不会死?你能护他一辈子吗?小儿媳低声嘟囔,氏努还是听见了,恶狠狠地说,我还没死那么快,陇署屯的玛襟100多岁了都还没死呢,我就是要护着我孙子长大,阿近这孩子太遭孽了呀。说着说着便抹起眼泪。

我们看向门外,夜幕开始往下沉,便问小儿媳,阿近什么时候才会回来。小儿媳扭头看看山野，说，不知道呢，有时候是半夜，有时候就睡在山上了，他要是回来也会睡到他自己家，喏，就是坎下那个铁皮棚，到吃饭的时间才到我这里来吃。

下山的时候，到处黑黢黢的，石头黑黢黢的，树也黑黢黢的。手电筒的光只在一两米范围内晃动，我边走边往两旁看，老是疑心身旁的树上，睡着一个少年。

两个多月后，阿近又把家里的东西打烂了，铁皮棚被他用石头砸塌了顶。春节已经很近了，天很冷，村两委带着从镇民政办申请得来的物资，往陇金屯爬。谢茂东和村主任石顺良抬着席梦思床垫，村副主任罗宗远扛着米和油，另一个村副主任罗如才扛着塑料布，人手不够，谢茂东喊妻子也来帮忙，用背篓背着衣物和棉被跟在后面。

仍然不见阿近，也不知又待到哪棵树上去了，木瓦房前只站着氏努和小儿媳。把东西交给她俩，村干们一起把铁皮棚钉好，用塑料布围好，才又下了山。刚回到村部不久，小儿媳又打来电话，说阿近把民政办给的东西全丢到地上，米和油撒了一地。

村干们累得瘫坐在椅子上，身上的劲还没缓过来，谁也不想多说一句话。我想象那一地狼藉，却怎么也想不起氏努的样子。每次见到氏努，她大多暗着脸，我从来就看不清她眼睛里的东西。只是那个少年，他一定是病了。

| 五 |

我终于看清那个少年，他蹲在地上，蜷缩成一团，浑身瑟瑟发抖，像一只受了伤从树上摔下来的小鸟，惊恐地看着满屋子的人，看着我。他真是瘦呀，身子单薄得像纸片，那身衣裤和鞋子，一看就知道从很多荆棘、很多锐石中跑过。市里来的精神科专家说，这孩子，还需送到市第二人民医院检查鉴定，才能最终确定是什么病，一群人便把他往门外带。少年回头，看见婶娘也跟了上来，紧绷着的身子，不觉缓了一下。婶娘说，阿近莫怕，叔叔阿姨带你下县城买好吃的。一直到这个时候，婶娘仍在骗他。

这世上，能让阿近相信并愿意接近的，只有四个人了，一个是阿娅，一个是哥哥，一个是婶娘，一个是叔叔。哥哥在广东，长年不回来，叔叔要帮人砌墙，也不常回来，阿近便只有阿娅和婶娘了，除此之外的每一个人都让他惊恐。

头一天，婶娘就跟阿近说，明天早上叔叔会回来，中午她要做好多好吃的，让他早点过来吃。阿近没应答，自顾捧着饭钵，大口大口往嘴里填饭。他吃得狼吞虎咽，像是已经饿了很久。这两年，阿近的话更少了，常常十天半月地，不说一句话，问他事，他多半是不应答的，他的思绪和目光挣脱了他的躯体，游离到不知什么地方。婶娘并不在意，她知道，说到有好吃的，他必定会记在心上。

早几天，于洋就已联系好市人民医院精神科专家，也联系好县里镇里民政部门的工作人员。氏努小儿媳说，阿近有暴力倾向，而且实在太敏感了，一旦发现有生人靠近必定会逃走，他奔跑的速度豹子一样快，没有人能追得上的，要是惊动了他，怕是难再找到人了。刘贵礼向单位领导请求支援，县法院给派了四名法警。去陇金屯那天，下着小雨，十几个人一大早就往陇金屯爬。四名法警跟着阿近叔叔，率先往木瓦房去，潜伏在屋子两旁，其余的人就等在坳口。

到了饭点，阿近果然来了，等他发现生人，想要逃走时已经来不及了。

在县城等民政局派车送阿近去市里时，于洋跑到附近的烤鸭店，买了半只烤鸭，让店主砍好，装在快餐盒里，递给阿近。阿近往后缩身子，不敢接。婶娘递给他，他才伸出手，接了过去。看着阿近大口大口啃鸭腿，于洋舒了一口气，他不想负这个孩子，答应带他下县城买好吃的，就不能食言。

氏努是后来才知道这件事的，儿子说忙不过来，让她到县城帮忙照顾小孙女一两天，她便去了，回到家时，阿近已经到了市里的医院。本以为氏努又哭又骂，没想到她只是凄惶地说，城里那么大，阿近要是跑了，我到哪里去找他呀。

那里有医生呢，24小时都有医生值班。于洋掏出手机，给氏努看医生拍回来的视频。阿近的头发剪短了，换了套干净的衣服，他的目光仍旧呆痴游离，可总算是一个干净清爽的少年了。视频一遍遍重播，干净清爽的阿近便一遍遍出现在氏努眼前。氏努看着看着，眼泪又出来了，喃喃地说，我都不知道城里的医院往哪里走，我老了，哪样事都做不成了。

氏努仍然不肯搬下山，她说她要等阿近回来，他阿冒活着的时候就离不开山离不开树，阿近也离不开山离不开树。我们全都沉默下来，觉得所有的语言，在氏努面前都失去了力量。

那就搬到陇孟屯去吧，陇孟屯有山有树，而且翻两个坳就到陇金屯了，你想回来种地也很方便。陇金屯是住不得了，大家都搬走完了。谢茂东说。陇孟屯是谢茂东住的屯，每次赶圩，陇金屯的人都要从陇孟屯走过，那里的树更多，路也更好。

谢茂东说这句话的时候，其实已经在心里迅速过了很多个地方，他想到了父亲那块地，可父亲并不好说话，土地金贵着呢，父亲绝不肯轻易把地让给别人。谢茂东甚至已经看到父亲瞪着眼骂他了，说他还当什么鬼支书，就知道胳膊肘往外拐。可无论如何，他都得说服父亲把这块地拿出来。能有什么办法呢，他是支书，就得想尽办法把搬迁任务完成。

那两间政府代建的砖混平房就在谢茂东家旁，氏努看到房子的时候，冬天还没完全过去，她从阿近那间走到阿近哥哥那间，便像是看到了兄弟俩未来的模样。阳光穿过酸枣林，落在石头上草丛间,熠熠生辉,氏努的眼睛穿过山梁,一直看进陇金屯去。儿子儿媳又跟政府领回安置房的钥匙了,阿近哥哥去了广东也很难回来一次,陇金屯那个地方,也许便只有阿近和她还会再去了,她老了,也管不了那么多了。这一段时间来,氏努的心情总算是顺畅的,于洋不时给她看阿近的视频,他变胖变白了,穿着深蓝色的羽绒服,缠着白围巾,坐在椅子上吃苹果。很多年前那个安静的男孩子又回来了,尽管他的眼神,一不小心仍会逸走,游离到不知什么地方去。医生说,阿近现在好了很多,开始学会折叠棉被和衣物了。

  这个冬天,万物在氏努的笑容里得到生长,我们看着她眼睛里葱葱郁郁的一片,也在心里高兴着,走在村里的时候,脚步便不知不觉轻盈起来。村子里一派忙碌,走到哪儿都看到有人在建房子建水柜,一家几口或夫妻俩,一锤一锤敲打着石头。后龙村的土实在太金贵了,所有的房子和水柜都要从石头里砸出来。深洞屯长洞屯的人住在深深的谷底,他们在路坎上拉起钢丝绳,另一头连到远远的坎下,坎上的人把沙子铲进木箱里,推开滑轮,沙子便往坎下传去。每次走到这里,我总要驻足看上好一会儿,心里感动莫名。

小 蛮

| 第四章 |

| 一 |

我们一直不知道有小蛮存在，卜定从来不提，他只偶尔提到氏夜，那个46岁的女人，有一次趁着他去帮别人砌房子，卷起衣物，跑到另一个家，做了另一个男人的妻子。他记得，那一天是农历冬月初二，后龙村的人都在打渣子。——玉米收完了，黄豆收完了，万物生长的速度迟缓下来，冬天便也来了。人们把地里的杂草割倒，堆成一堆，让它在荒野里慢慢枯干，等到最冷那几天，才放火一烧，草堆里的害虫就会被烧死，灰烬也成了肥料，立春过后，便又可以种玉米了。那天，氏夜像往常一样，一大早就背着背笼上山去了，卜定也出门帮人砌房子，晚上他回到家，看到冷锅头冷鼎罐的，走进房间一看，才知道她走了，她常穿的那几件衣服都不见了。那时候大儿子已结婚生子另立门户，中间那三个儿

子在广东打工，最小的儿子还刚刚上小学。他曾去到那个家接她回来，没过多久她又跑了，几次三番的，他的心便懒了，也就罢了。

这都是好几年前的事了。我们见到卜定的时候，这个家只剩下他和小儿子。卜定坐在屋前唱山歌，一群艺术学院下来采风的学生围在他身旁。卜定将下巴抬起，眼睛从学生们的头顶掠过，落到谁也看不到的地方，古老的歌调便循着他的目光，从深远的时空漫过来。那个拘谨的卜定不见了，他的双眼发出光亮，神情变得从容而自信，像是躯体里住着另一个人。歌声一起，他便走出来，歌声一落，他便走回去。也或许那个人才是卜定，而我们素日里见到的，却是另外一个人。

等到学生们都散去，我们才坐下来，跟卜定说话。没有了歌声，那个神采飞扬的人不见了，我们眼前又是木讷拘谨的卜定，我总觉得那是他蜕下的壳，他钻回壳里，别人便再也寻不到他。

后龙村被约谈了，2018年春季学期，后龙村有99个辍学生。我们先是在县里，被伍奕蓉书记和莫庸县长约谈，后来又在村部，被县教育保障专责小组领导约谈。莫县长给我们十天期限——十天，上天入地，我们都得把这99个辍学生找回来，并送回学校去。

卜定咧开嘴，他的笑容有些笨拙，也像被裹在壳里，舒展不开。他知道我们为什么来，却不说话，他在等我们开口。

刘贵礼把一提啤酒搁到桌上，说，卜定哥，今天我也不问你满仔到底在哪里了。今天我就跟你喝酒。

卜定的小儿子辍学了，15岁，初二的学生，卜定不知道他去了哪里。卜定说，你们莫费心找他了，他不想读就不读了。他闲淡的语气，仿佛在说一件无关紧要的事。卜定不识字，他前面四个儿子都没读完小学。——后龙村几乎一半的人不识字，全村 2211[1] 人就有 1252 人是文盲或半文盲。卜定说，很久以前，背陇瑶人都是跟着山林跑的，一座山的猎物打完了，土地种瘦了，就往另一座山跑，我们听得懂动物讲话，听得懂植物讲话，听得懂风讲话，听得懂雨讲话，就是识不得字。

我坐在一旁，看刘贵礼和卜定喝酒。我们是分组劝返辍学生的。那两天，学校老师、帮扶干部、包村干部、驻村工作队、村两委，一轮又一轮下村入户，或是奔向珠海、广东、南宁等地，像密探，到处查找那些孩子。

卜定一碗接一碗喝，刘贵礼也一碗接一碗喝。喝到最后，卜定的眉眼就潮红起来，他拍着胸脯说，小刘老弟，你一个

---

[1] 因统计时间不一样，故全村人数有差异，与前文第 8 码 2269 人不一样。

——编者注

外人都这么操心，我再不告诉你，我满仔去哪里就对不住你了。他去广东找他哥了，具体在哪里，我真的不知道，这些娃娃一时换一个厂，也不跟我说。刘贵礼的眉眼也潮红起来，他摆摆手，说，卜定哥，你不是对不住我，你是对不住你仔。卜定便嘿嘿笑。

刘贵礼2016年就来后龙村了，那时候他是一名帮扶干部，现在他是驻村工作队队员。刚来后龙村，刘贵礼见到的第一户贫困户就是卜定家。那时候卜定在地里种玉米，石窝窝里种两颗，石缝缝里种两颗——只要有一点点土，勉强藏得住一颗种子，卜定都要点种下两颗。他不知道这两颗种子，最终哪一颗会长出来，也许两颗都不长，也许两颗都长，那就得拔掉一棵拿回家给猪吃——那点土只够养活一棵玉米苗。

卜定锄着地，不时捡起一块碎石，扔到坎上。大大小小的碎石，长年累月堆积在坎上，便也长成墙，沿着坎，从玉米地这头，弯弯曲曲延伸到那头。这块地种了上百年了，碎石也捡了上百年，倒像是越捡越多。那么多碎石，也不知道从哪里冒出来的。

卜定拒绝在帮扶手册上按指印，说他得低保，别人也得低保，为什么他的低保金比别人低。刘贵礼解释了很多遍，卜定却一句也听不进去。他那么执拗，刘贵礼都有些害怕去见他了，那时候刚参加工作，还太年轻，没有胆量和智慧去面对这些。几碗玉米酒下肚，卜定倒是好讲话的，只是酒醒后，他的话就不算话了，原先答应过的事，又全部赖掉。

卜定像壁垒，时常让刘贵礼生出挫败之感，可壁垒总得去翻越。国家给贫困户的优惠政策，需要帮扶干部去宣传、去落实，每一项政策的实施都需要很多佐证材料，这些得贫困户配合才能完成。刘贵礼硬着头皮，一次次上后龙村找卜定，帮他收集整理材料，申请劳务奖补、产业奖补，等等。时间长了，卜定的态度便也缓和下来，碰上他在家时，就非得拉刘贵礼留下来吃饭，不吃还生气。先是青菜汤，后来是青菜汤加面条，再后来是青菜汤加猪肉、加鸡肉。卜定说，不是为了我们，你也走不到这山旮旯来呀，不是为了我们，你一辈子都走不到这里来。

那时候氏夜已经走了，屋子里空荡荡的，卜定常一个人坐在饭桌边喝酒。卜定喜欢一边喝酒一边唱山歌，酒让卜定亢奋，也让歌亢奋，屋子里便热闹起来，像有着一屋子的人。有一次正喝着酒，卜定热火火地说，小刘老弟，拿你手册来，我这就给你按指印。刘贵礼说，你别酒后又不认了。卜定嘿嘿笑，说，哪能呢，我是那种没良心的人吗？我几个仔都不愿意理我，倒是你一个外人，三天两头来看我。卜定的眼神一暗，满屋子的人就全都不见了，屋子里又空荡荡的，没有一丝热气。

在这之前，刘贵礼一直以为，让贫困户在帮扶手册上按指印，便算是完成了帮扶工作，其实并不是。卜定让他知道不是。

第二天刘贵礼和村干就往广东赶，在惠州市找到那个厂，可却查找不到卜定小儿子的名字，折腾了两天，才知道，卜定小儿子进厂，用的是他哥哥的身份证。从厂里接出男孩子，带着他连夜赶到南宁市，在工地找到另一个男孩子，才又连夜赶回凌云县。刘贵礼一路发回照片，在扶贫微信群里，我看到他风尘仆仆一脸倦意，两个纤细的男孩子跟在一旁，闷沉沉的，很是沮丧。我们都舒了一口气。

先把男孩子送回后龙村，第二天才往学校送。车子还没停稳，卜定就已脚步匆匆地从路那头走过来了。我问他，你怎么知道我们到了？卜定说他在屋里老远听到车响，猜是我们，便抄近路走过来了。看到儿子，卜定目光闪了一下，想说什么，却又没说。男孩子也看了卜定一眼，低着头继续玩手机。他一路都在玩手机。男孩子眉目清秀，长得比卜定好看，想必那是他母亲的模子。

卜定领着我们往家走，听我们说九年义务教育家长应尽的责任。他连连应承，答应会看好儿子，不让他再次辍学。卜定说得漫不经心，我们的心便又悬起来。儿子的事，卜定知道得并不多，读书的儿子，打工的儿子，另立门户的儿子，每一个人的情况他都无法说清。二儿子快40岁了，还没找到对象;三儿子30岁,妻子刚刚跑掉;四儿子一时换一个厂,卜定从来不知道他在哪里。这些儿子在外头打工究竟挣不挣钱,卜定一点儿也不知道,他从没见过他们的钱。

卜定又提起氏夜,他坐到小矮凳上,男孩子坐在一旁低头玩手机,父子俩之间,隔着几张凳子的距离。氏夜嫁给卜定时,还没满16岁,30年了,那么多苦,她都没走,等到有了孙子当了阿娅,倒是跑了。都是手机害的。卜定说,要是没有手机,她就不会和那些野男人绞裹,也就不会跑了。

我看向男孩子,他一定听到卜定在说他母亲了,可却一直没有抬头。

| 二 |

瑶族家长大会在陇法屯召开,两天后又在盘卡屯开了一次。陇法屯是后龙村最大的屯,盘卡屯路最远最难走,辍学生也是全村各屯中最多的。

于洋穿着红马甲,转过身,"第一书记于洋"便晃进后龙村人的眼里,黄澄澄的字,像火焰。这团火焰在后龙村频繁地进进出出,后龙村的人便都记住了这个面相斯文的第一书记。

学生和家长们坐着站着,闲散地围拢成一个半圆。于洋先是请县里的背陇瑶干部,用背陇瑶话把政策宣讲了一遍,又请县法院干警根据义务教育法,把家长权责说清楚。接下来,是他和刘贵礼讲自己的求学经历。

于洋说北京,说清华大学,说教育,说未来。阳光很烈地打在他身上,浓密的头发被汗水浸湿,亮闪闪的。他眯缝着眼,酒窝随着嘴巴张合,在脸颊跳进跳出。字正腔圆的普通话,将后龙村人的想象,推拉到后龙山之外,在比百色市、比南宁市都更遥远的地方,那里有一个世界,是后龙村人所不知道的。刘贵礼是瑶族人,尽管是瑶族的另一支系——蓝靛瑶,可基因里都曾有过关于先祖长途跋涉迁徙而来的记忆,就像同一棵树生发出来的枝丫,这让后龙村的人感到亲切。现在这个瑶族人,就以自己为例子,告诉另一群瑶族人,他是怎样在贫困里,坚持把书读到中南财经政法大学,并取得了双学位。两个年轻人极力想让后龙村人知道,知识能让人变得辽阔,能改变命运。

台下大多是妇女、老人和孩子,小小的孩子在会场里跑来跑去,不时发出哭声叫声,老人们抽着烟杆,闲淡地看着这一切,妇女们交头接耳,说起屯里的男人女人,会场便成了两个会场,台上的人在说话,台下的人也在说话。只有学生们的眼睛还是亮晶晶的,这让于洋和刘贵礼在沮丧之外,有了一些期待。

2018年，凌云县已全面实施控辍保学"双线四包"工作机制，县、乡镇、村一条线，教育局、学校、班级一条线。两条线严丝合缝，交错推进，形成密实的网络，以确保义务教育阶段的学生"一个都不能少"。政府把"阻断贫困代际传递"这个词制成大幅宣传牌，立在村头寨口，我们再把这个词分解成具体案例，说给辍学的孩子听，说给他们的父母听。

小蛮就是这个时候出现的。后龙村第100个辍学生。

我跟着民政局的车，把小蛮送回后龙村。那个12岁的小女孩独自坐在后排，小小的身子，沉默成一团影子。我回头看了一眼，又看了一眼，终于忍不住问，你一个人在市里，吃饭怎么办？

朋友请呀。

晚上睡哪里？

旅社呀。

哪来的钱？

朋友请呀。

小蛮每说一句话，脸上就绽开一个笑容，露出左脸颊的酒窝。我以为她会排斥我，或是像别的孩子，紧紧捂住自己的秘密或心事。不承想她丝毫没有顾忌，甚至和我说起她18岁的男朋友，他们在街头认识，一群人，聚在深夜的桥头抽烟喝酒。有一天,他突然不理她了,她从他面前走过,他看都不看她一眼。小蛮滔滔不绝,她的表情像是得意,又像是挑衅,或许两样都不是,此时此景,我已不能很清晰地去辨析一个小孩子的话。我只是惊讶得接不上话。小蛮并不是漂亮的小女孩,塌鼻子,小眼睛,瘦小的身板,还没长开。她涂着玫红色的唇,大红色的手指甲脚指甲,一副迫不及待想要长大的样子。可她真是小呀,怎么看都只是一个小孩子。

我沉默。内心里有很多疑问,却一个也没能问出口。那些全是黑洞。我觉得心很闷。

小蛮父亲究竟借了多少钱,没有人说得清。究竟是做生意亏掉的,还是赌博输掉的,也没有人说得清。卜定只知道,有一次,他下县城赶圩,想起已经很久没见孙子了,便顺道去看看,才知道儿子带着一家人逃走了,就连留在村里读一年级的小蛮,也偷偷接出来,带走了。房东说,他还欠几个月的租金没给。租房门上挂着一把锁,卜定透过门缝看,里面一地狼藉。后来陆续有人找到后龙村来,追问他儿子的下落。他哪里知道呢?他什么都不知道。前前后后来了几拨人,见实在问不出什么,便也不来了。

儿子到县城租房住,说是去做生意,卜定弄不懂是什么生意,他只偶尔看到儿子在广场卖气球,隔了一段时间,又变成卖水果。儿子的事,卜定是不管的,想管也管不了,就像后龙村人在春天种下的玉米种子,哪颗能破土而出,哪颗能结出玉米棒,那都是老天爷的事。

这些孩子,从他身上掉下来,一天天长大,便也一天天不是他的了。小时候他们多黏他呀,总像是一步也离不了他,长大后,倒生疏起来,几个月,甚至几年也见不上一面。

那段时间,卜定的日子暗沉沉的,他发现氏夜的手机里藏着一个男人,两个人背着他语音来语音去的,没多久,氏夜就逃走了。没多久,儿子也逃走了。人要是倒霉,所有的烂事便都堆到一起来。有人曾在市里看到过儿子,回来跟他说,他也没去找。一个人要是起了逃跑的心,再怎么找也是没用的,就像氏夜一样,找回多少次就逃走多少次。

车子里又静下来,我不说话,小蛮便也不说话,她又在后排缩成一团影子。总要说些什么的,可却害怕问得太多会伤害到她,便只是问,想阿卜阿迈吗?她说,不想。

想阿冒阿娅吗?

不想。

想读书吗?

不想。

我说,你不读书你想干吗呢?你还那么小,打工人家都不要你。她说,玩呗。

小蛮用的是成年人的语气,像裹着铜墙铁壁,她的笑干净天真，仍是一个小孩子的笑。

小蛮的父亲又逃走了，他在街头偶然看到当年的追债人，连忙转回租住地，慌慌张张打包行李要逃走。小蛮不愿走，他就丢下她，独自带着妻子和两个儿子走了。有人在市里的夜宵摊看到一个中年男人，拉扯一个小女孩，小女孩挣扎着，很不情愿的样子，便打电话报警。警察将他们带到派出所，弄清小蛮的年龄、籍贯，才又通知县里，县民政局才派车去接她回来。

卜定骑着摩托车赶来，见到小蛮，眼圈一下子红了。小蛮也红着眼，祖孙俩抱在一起，哽咽着说不出话。我站在一旁，心里有着说不出的难受。离开后龙村那年，小蛮还只有七岁，她对后龙村的记忆，被生生截断了五年。五年之后再回来，卜定还是原来的卜定，而小蛮已不是原来的小蛮了。

将小蛮送进学校，才知道她没有户口，享受不到九年义务教育的各项补助。刘贵礼又开着车，带着卜定跑学校，跑派出所，好不容易办下户口，又带着卜定跑银行，把小蛮领补助的银行卡办下来，才松了一口气。一连几天的奔劳，以为能睡一个安稳觉了，躺到床上，却翻来覆去无法入眠，孤独感便铺天盖地袭来，也只有这种时候，刘贵礼才会想起，自己是一个异乡人。

还是帮扶干部时，每次去后龙村，刘贵礼身后总跟着十来个小孩子，三四岁五六岁，他们身上沾满泥巴，像是刚刚在地上打过滚，两只袖口被鼻涕蹭得光滑油亮。刘贵礼回头，他们一哄而散，刘贵礼往前走，他们又跟在后面，嘻嘻哈哈笑成一团。刘贵礼说，来，叔叔帮你们照相。他们便站成一排，定定立在马路中间，伸出食指和中指，比一个V，等刘贵礼按下快门，他们就凑过来，说要看手机中的自己。以后再去，刘贵礼就在口袋里多装几把糖果。这些孩子，他们父母在外打工，一年到头也回不来一次。阿冒阿娅管不住，便任由他们小狗一样，在寨子里乱跑。

有一次，刘贵礼在卜定家，正聊着天呢，这群小孩子突然出现了，一人拿着一个柑果，不知道去哪儿得来的，也不说话，只是笑嘻嘻走到刘贵礼面前，放下果子，又笑嘻嘻跑开。刘贵礼面前，黄澄澄的柑果，堆得像小山。离开的时候，那群小孩子又围拢来，簇拥着刘贵礼，一直把他送到车边，他们亮闪闪的眼睛，热切地看着刘贵礼，大声喊，叔叔再见，下次再来哟。车子开出去很远，后视镜还能见到那些挥动手臂的身影，也许就是那个时候吧，刘贵礼决定，他要留下来。

后龙村的白天和黑夜，是以远或近来划分的。刘贵礼白天爬完坡顶上的屯，晚上就打着手电筒，去近一些的屯。屯里安装有太阳能路灯，沿着进屯路，一盏一盏亮进深处。路灯去不到的地方，手电筒的光便铺进来，带着他继续往更深处走。那时候驻村工作队人少,刘贵礼常和于洋一起翻山越岭遍访,一起加班做材料。刘贵礼记得,有一次他们爬上陇署屯走访,回来的时候,夜很深了。于洋说,贵礼,这两年,我们就是当兵的人,是上战场打仗的人,不能计较个人得失。如果我们这些年轻人都不愿意付出,还能叫什么人付出呢?于洋指的是像他们这样,接受过高等教育的年轻人,他们享受到国家最好的教育资源,现在应该反哺社会了。

于洋说得动情,刘贵礼也听得动情,太阳能路灯孤寂,长长的石阶路,只有两个年轻人在走。夜静,虫儿的叫声悠长,他们边走边谈论走访发现的问题,探讨后龙村的未来——后龙村的未来是什么呢?

无数次探讨,无数次给出答案。那便是教育。一茬茬孩子,走进学校,接受良好教育,然后再影响下一代。像种子,发芽,抽枝,长成大树。一棵棵大树,连起来就是森林。他们自己不就是这样的吗?每一个人,每一个家庭都是这样的吧。

| 三 |

原以为卜定小儿子会在学校里待不下去,没想到,待不下去的是小蛮,她又逃走了,我们去他家找时,只看到卜定

一个人蹲在门前抽烟杆。卜定说,这娃娃呀,不听话,犟得很,怎么打也不哭,我是管不了她了。我走进小蛮的房间,在一楼,一张席梦思床,靠着墙,一长排衣服,挂在铁杆上,靠着另一边墙。东西少,房间便显得空旷,散发出水泥砖的味道。房子是新建的,三层,用去了卜定一年多时间。我问卜定,除去危房改造补助得的三万多元,这房子你还花了多少钱?卜定算不出来。——砖头是他自己打的,墙是他自己砌的,除了倒天面那天请几个亲戚帮忙,这房子里里外外,全是他一个人慢慢砌起来的。卜定帮别人砌了几十年房子,快60岁的时候,终于帮自己砌了一回。这房子他砌得精细,每一块砖头,每一道勾缝,都平平整整。

我站在那排衣服前,卜定扯起两件羽绒服说,这是我买的。又扯起一件羽绒服说,这是她三叔买的,那些是其他亲戚送的。卜定买的那两件还挂着吊牌。

小蛮拿的是三叔的旧手机,屏幕被摔得不成样了,她从角落里翻出来,搜索邻居家的Wi-Fi连上。卜定想不明白,一部烂手机,又没有电话卡,怎么还能让小蛮联系到那些浪荡人。他打过她好几回,打得木棍都断成两截,她握着手机,蹲在地上,不哭也不闹。全都捡得她阿娅了,尽跟野男人绞裹。卜定说。

只有一个QQ号能找到小蛮。我试着去加她,我以为她不会让我通过,没想到,很快就加上了,她根本没做任何设置。我发去信息,小蛮秒回,她打字的速度非常快。我约她在县城见面,说请她吃东西,小蛮答应了。

我们坐在泗水河边一家小店里,小蛮只点了一碗螺蛳粉,我给她加卤蛋、鸡腿、腐竹。过了早餐的时间,却还没到午餐的时间,店里的人很少。我坐在小蛮对面,看着她吃。我问她,昨晚睡在哪里?她说,旅社里。小蛮穿着黄色T恤,稀薄而干枯的头发湿漉漉地披下来,像是刚刚洗头。

哪来的钱住旅社?

借老师的。小蛮说着,笑了一下,左脸颊的酒窝又跳出来,我这才发现,她有两颗小虎牙。没涂口红,没涂指甲油,清清爽爽的小蛮倒也挺耐看。

我去你家了,看见你阿冒你三叔给你买的羽绒服。你阿冒买的那两件,你都没穿过,连吊牌都没摘。小蛮尖叫着笑了起来,说,那么小,我都穿不下。衣服是卜定一个人下县城赶圩买回来的,他的记忆里,小蛮还是七岁的样子。

小蛮没有丝毫拘谨,像是我们已熟识了很多年,我想起第一次见到她时,她还是僵硬的,说话的时候总会下意识将身子挺直。小蛮说,我有很多很多男朋友。小蛮一开口就像在挑战,我内心被击得溃不成军,表面仍装着很淡定的样子,问,很多很多是多少个?她说,数不清,不过,我现在只有一个男朋友,在读职校,玩快手认识的。小蛮打开手机给我看她的快手,隔着被砸出很多道裂纹的屏幕,我模糊看到一个小女孩,夸张的表情,美颜到失真,我认不出她来。小蛮似乎很失望。

昨晚你男朋友和你在一起?

没有呢,他在学校里,翻墙出不来。小蛮吃着东西,一面刷着快手。

你们常翻墙出来见面?

没有呢,他出不来。小蛮说,但他对我很好。

怎样好才叫好?

我发信息他总是秒回。停了一下,又说,不过现在不秒回了,久久才回复我。

怎么又不秒回了?

我也不知道。这些男人,开始的时候对你很好,后来就不好了。小蛮说这句话时,脸上又绽开一个笑容,酒窝和虎牙同时跳出来。

他给你钱用吗?

我要他钱干吗?小蛮又尖叫着笑了起来。买东西呗。我装着轻描淡写。小蛮低头羞涩地笑,说,不好意思问。听到"不好意思"这几个字,我不禁舒了一口气,一个人还知道不好意思,总归不算太坏。

你不怕怀孕吗？我又问。我在一步步深入，想知道这小女孩，究竟走到哪一步了。

啊？这样也会怀孕吗？小蛮似乎吃了一惊，她的样子不像是装出来的，这倒让我难为情起来，不知道怎么表述，才说得清怀孕这件事。小蛮说，我又不跟他一起睡，我是不会打开我身体的。小蛮很聪明，她知道我欲言又止，其实想问的是什么。

与小蛮聊天，感觉是在跟一个小孩子说话，跟一个少女说话，跟一个中年人说话，只是不知道那么多话，有多少是真的。

小蛮絮絮叨叨，我已经听糊涂了，弄不清她说的是哪一个男朋友。她已经谈论好几个男朋友了。这些男朋友，有些在手机里认识，有些在街头认识，有些见过，有些没见过。我很怀疑，小蛮根本不知道，什么样的关系，才称得上男朋友。

小蛮的话大多前后矛盾，总在我还没理清逻辑关系时，她又跳到另外的人和事去了。听久了，便感觉出这小女孩的不对劲来，她有着强烈的倾诉欲，太过于轻易敞开自己，她的故事里，总有一大堆人，她的男朋友，她的江湖朋友，每个人都对她很好。我感觉，小蛮只是太孤独了，她在制造出自己的热闹来。

我问起那个中年男人,那么多天过去,他刺一样卡在我心里。小蛮说,那一次,她又从学校逃出来,在小公园里晃荡,一个大叔走过来跟她搭讪,说带她去吃东西,她就跟去了。吃完东西,大叔又要带她去旅社,她不愿意,大叔硬拉她去。后来一个过路的人看见,才打电话报了警。警察问话时,她只说她是后龙村人,父母亲的名字被她瞒下来了。其实那个时候她父母还在市里,正准备逃走。小蛮说,我再也不想跟他们逃跑了,我想回后龙村。

回到后龙村没多久,小蛮的不安分就显露出来了,她又开始逃学。卜定打了一次,打了几次,终于失去了耐心,便也任由她,懒得再管。有一次,小蛮又从学校逃出来,溜到县城晃荡,晃到她想回家时,就打了个三马仔上后龙村去,卜定却不在家,司机拿不到车费,非常气愤,觉得这小姑娘骗了她,便揪住小蛮不放,又把她拉回县城,扭送到派出所去。卜定赶到派出所,看见小蛮坐在凳子上,悠然地摇晃着双腿。她已经不是第一次进派出所了。卜定烦躁起来,也不过一个多月时间,他积攒了五年的挂念和久别重逢的惊喜,就被这个满嘴谎话、到处惹事的孙女给磨光了,觉得再也无法忍受,便跟警察说,我管不了她了,让她阿卜来接她回去自己管教。他让警察帮拨打小蛮父亲的电话,电话那头说,让卜定自己把小蛮接走,他也管不了她。还没等卜定反对,那边已挂了电话。小蛮坐在一旁，笑嘻嘻地听阿冒和阿卜把自己推来推去。

我变坏了。小蛮说着叹了一口气，她习惯性地绽开一个笑容，我看到那里面有得意。那些得意跟着笑容绽开到半途，便败落下来，我又看到那里面有忧伤。

坏在哪了？

逃学、抽烟、喝酒。

还有吗？

我跟他们去KTV玩，我能喝好多酒。

还有吗？

没有了。

我又舒了一口气，说，你没坏呀，你只是做了12岁的小孩子不应该做的事，就像一朵还没到时间开放的花，你硬是把它掰开，它就烂掉了，再也不会开了。花需要时间储蓄足够的养分，慢慢开放。你也需要时间学习更多的文化知识，慢慢长大。我说了好一会儿，小蛮不搭腔，低头拨弄碗里的卤蛋，在残剩的汤里，滚过来滚过去，很无聊的样子。这些大道理，想必很多人都跟她说过了吧，便觉得索然起来，只是问，你现在是不是特别想长大呢？小蛮说，不，我不想长大，长大太麻烦了，像我阿卜阿迈阿冒阿娅他们，一点儿也不好玩。

可你现在做的，全都是成年人做的。

我也不想这样呀，其实我的理想是做一个老师。小蛮说完又低头羞涩地笑。这是她第二次流露出害羞的表情。

我说，你都不愿意读书，还怎么当老师？小蛮便笑。

我让你阿冒来接你回去，明天送你回学校，好吧？小蛮点点头，同意了，她放下筷子，那个卤蛋便孤零零地剩在碗里。

我约卜定在县城中心的大茶壶雕塑下碰头，那里标志明显，他容易找到我们，然后揽着小蛮的肩头，沿着河堤慢慢走。小蛮似乎很享受这样的亲密，她快活地告诉我，她在家也不是不干活的，阿冒砌卫生间时，她也去帮忙了，阿冒说，等三楼弄好了，就把她的房间搬到三楼去。她喜欢三楼。

走到大茶壶那儿，果然看到卜定了，他跨骑在摩托车上，正东张西望寻找我们。我把小蛮带到卜定身边，看着小蛮跨上摩托车后座，看着卜定发动引擎，看着摩托车往后龙村的方向远去，那种悲凉感又来了，内心沉甸甸的，舒展不起来。

| 四 |

小蛮记得七岁的事，记得五岁的事。五岁那年，阿卜把她留在后龙村，自己带着阿迈和两个弟弟下县城租房子住，

很久很久都不回来看她一眼，像是忘了她的存在。小蛮和阿冒阿娅住在一起，每当阿冒喝酒喝到脸红得像血，说的话多得能塞满整个屋子，小蛮就知道阿娅要被打了，她很害怕那样的夜晚。阿冒的身体里住着一个唱歌的阿冒，还住着一个喝酒的阿冒，平日里，一碗酒是唤不醒他的，两碗酒也唤不醒他，很多碗酒下去，那个阿冒才会走出来，他扭曲着五官，血红的眼睛喷出刀来，他那么凶狠地把阿娅踢翻在地，用力地踹她，踹她，踹她，阿娅抱着头，身子蜷成一团，一声也不吭。很多时候，小蛮以为，阿娅被打死了，可第二天，她又像没事一样，照样背着背篓，上山干活。小蛮天天盼着阿卜把她接到县城住。

七岁那年，阿卜终于来接她了，他急匆匆走进教室，急匆匆把她带到县城，小蛮还是第一次看到阿卜阿迈租的房子。阿迈蹲在地上打包行李，两个弟弟在一旁玩闹，房间里被翻得乱七八糟的。阿卜说，我们家太穷了，县城找不到钱，我们要去市里找。

阿卜在百色城郊租了一小间砖瓦房，靠着河，周围是一大片菜地，绿油油的。每天早上，阿卜阿迈早早出门去，长长的白天，便只有小蛮和两个弟弟守着那个房子。后来，阿卜把他们送进村里的学校，小蛮仍然读一年级，两个弟弟读幼儿园。很久之后小蛮才知道，阿卜每天蹲在街头那几棵大榕树下，等着帮人搬运货物，阿迈则到早餐店帮人洗碗抹桌子。他们几乎每天都吵架，为着钱的事，两个人的脸整天阴沉沉的。

还在后龙村时，阿卜也打阿迈，只是小蛮已经想不起那些场景了。记忆真是一种奇怪的东西，只要时间隔得足够久，倘若你愿意，那些不喜欢的东西就会被过滤掉，剩下来的便都是喜欢的了。来到百色后，阿卜仍然打阿迈，特别是他喝了酒之后。阿卜拳打脚踢，他和阿冒长得并不十分相像，喝了酒之后的表情却是一模一样的。阿迈号叫着大哭，小蛮和两个弟弟躲在房间里，害怕得浑身发抖，空气薄冰一样覆盖过来，仿佛呼一口气就会碎掉，房门外的拳头就会落下来，砸到他们身上。那些个时候，小蛮真希望自己会隐身术，让阿卜看不见她，阿迈看不见她，所有的人都看不见她。

阿迈被打的时候，总说要去跳河，要跟阿卜离婚，可她和阿娅一样，第二天醒来，便像是什么事也没有发生过一样。其实小蛮还真希望阿迈快些跟阿卜离婚，然后带她回后龙村，百色这个地方，她是越来越不喜欢了。

小蛮也不喜欢两个弟弟，在后龙村的时候就不喜欢了。弟弟打架，把家里的东西弄坏，被打的却总是她，有好吃好玩的东西时，得到的却总是他们。阿卜阿迈说，谁叫你是姐姐呢。阿冒阿娅也说，谁叫你是姐姐呢。小蛮觉得，那不过是因为她是女孩子,而他们都只喜欢男孩子。既然不喜欢我,为什么还要生下我?小蛮说这句话的时候,我们正沿着泗水河漫步,我感觉她的身子不知不觉地挪离我,悄悄拉开了距离,像是要把我远远推开,把自己远远推开,晃荡到别处去,便收紧手臂,把她揽回来。我在心里快速翻找词语,想用一句合适的话安慰她,却最终没找到,只好沉默着。

来到百色后,阿卜阿迈的心情不好,打她便也更凶了,开始的时候小蛮还号哭,后来就不哭不喊了,她突然明白为什么阿娅被打时,一声也不吭,那是被打疲了,无望了。她还发现,被打的时候努力去想别的事,身上就好像没那么痛了。原来她的身体里也有两个她,一个她被阿卜阿迈打着,另一个她已悄悄溜走,到别处晃荡去了。她和阿娅都知道这个秘密,阿迈却不知道,每一次阿卜打她,她都哭得呼天喊地。阿娅离开后龙村那天,小蛮牵着她的衣襟一直跟到山坳口,阿娅撵她回去,撵了很多次,她才一步一回头地转回家去。其实那个时候,小蛮就知道,阿娅再也不会回来了。

在小蛮的记忆里,阿迈总是笑盈盈的,她喜欢唱山歌,上山砍柴割牛草,下地种玉米种红薯,走到哪儿唱到哪儿。阿冒说,她是阿卜唱山歌唱回来的。阿娅也是阿冒唱山歌唱回来的。来到市里后,小蛮便再也没听阿迈唱过山歌,她总像是在生气,心里时刻憋有一团火,小蛮几乎忆不起,她温和的时候是什么样子。十岁那年,有一天小蛮醒来,看到床单上有血,裤子也有血,吓得大叫,以为自己快要死了。阿迈走进来,看了一眼,转身拿了一包卫生巾,阿迈叫她莫嚷嚷,女人都会有这一天的,来了月经,就表示她已经长大了。小蛮又兴奋又忧伤,她一直盼着自己快点长大,好逃离这个家。

10岁这年,小蛮第一次逃学了,她偷了阿迈藏在枕头套里的1000元,跑去云南见网友。那是一个15岁的男孩子。小蛮刚刚到云南,阿卜就报警把她找了回来。后来,小蛮逃了第二次,第三次,无数次。她喜欢在街头晃荡,在那里,她认识很多人,男的女的,什么年龄段的都有,他们和她一样,喜欢在街头晃荡。每一次被找回来,阿卜阿迈都会暴打她一顿,打得不耐烦了,就喊她滚,说再也不认她了。等到小蛮真的滚到街头去时,阿卜又把她找回来,过几天又喊她滚出去。

我是很久之后才读懂那些敏感和矛盾的,一个信息的秒回或不回复,都会让小蛮感觉到被爱或被抛弃,她对亲密关系过分依赖和贪求,却又难以完全信赖他人,以及那种每天小心翼翼面对世界的心情。一个小蛮在往上攀爬,一个小蛮在往下坠落。

| 五 |

村部离后龙村中心小学近，上课的铃声穿墙而过，学生们的琅琅读书声穿墙而过，我们听着，内心里便生出踏实感来。于洋喜欢有事没事去学校转，看看学生们需要什么，看看学校需要什么。连续几个大太阳天，或是连续几个暴雨天，他都爬到学校附近的山头去查看水柜里的水。有一段时间，学校的水不够吃，从县城拉了几次，于洋便焦虑起来，他向区财政厅和深圳盐田区申请到扶贫资金，给学校增建了三个水柜，2000立方米。

我们不时到学校回访，了解劝返回来的辍学生在校情况，校长带着我们，从女生宿舍走过，从男生宿舍走过，我看到走廊里，整齐划一的水桶、毛巾，铁架床上是豆腐块一样方正的被子。

综合教学楼是新的，宿舍楼是新的，餐厅也是新的。去年区财政厅领导来后龙村调研——他们三两个月就会来后龙村一次，有时是关礼厅长来，有时是其他厅领导来。于洋带着他们，走几个小时的山路，上盘卡屯，或上陇金屯、凉水坡屯，然后再去看学校。走这样的路线，是一个从窒息到呼吸的过程，能真切触摸到后龙村的粗粝和柔软。厅领导看到教室和宿舍挤在同一栋楼里，由教室改造成的宿舍，两三个学生挤睡在同一张木板床上，衣物毛巾到处乱挂。没有餐厅，吃饭的时候，学生们从饭堂里端出饭盒，走回宿舍，坐在床沿上吃，或是分散到操场上，站着吃或蹲着吃。厅领导自然明白于洋心里想什么，笑着说，于洋，说吧，你有什么想法？于洋笑着挠了一下头，说，希望厅里能给学校建个综合教学楼，改善孩子们的学习环境。也许是看到于洋晒得黝黑的脸，浓密的头发里竟已长出白发来，厅领导便又问，驻村吃得消吗？要不要厅里再增派人手？于洋说，吃得消，还能坚持，不用再派人了。可厅里还是派人来了，几个月后，一个名叫石浩宇的小伙子来到后龙村。

区财政厅特批的扶贫资金很快到位了，230万元，综合教学楼顺利地建了起来。后来，深圳盐田区领导来后龙村调研时，于洋又向他们汇报，争取到200多万元资金，建起了住宿楼。有了这两栋楼，教室和宿舍分离出来了，住宿和餐厅分离出来了，还拥有了足够宽敞的图书室。于洋又从其他对口帮扶单位筹措到经费，统一购置了床上用品、冬夏校服，整个校园焕然一新。

我和刘贵礼坐在图书室里等小蛮，长长一通间的空间里，全都是书，五颜六色的图书，整齐码堆在桌上，架子上，让人看了喜欢莫名。我坐下来，取下一本，翻开，想象小蛮坐在这里看书的样子,那一定很美好。我不知道会不会有这样的时刻。

下课铃声响起,我站起来,走出门外。学生们从教室里出来了,整个校园沸腾起来,笑闹声,脚步声,每一种声音都透露出欢天喜地。小蛮低着头,一个人走,几个女孩子手挽着手,说说笑笑地从她身旁走过,几个男孩子打打闹闹,跳着蹦着从她身旁跑过,小蛮双手插进裤袋里,慢慢走着,被一群又一群孩子远远丢在身后。我朝着她挥手大声喊,小蛮——小蛮抬头,愣了一下,认出是我,疾步向我奔来。她扎着马尾,衣着干净,胸前的红领巾火一样明艳,我的内心便也火一样明艳。我真喜欢小蛮这个样子。

玛襟

| 第五章 |

| 一 |

玛襟说,我是死过好几回的人了。她嘴巴张开,雪白的假牙晃进我眼里,笑容从纵横深浅的皱纹缝隙长出来,塌陷下去的褶子仿佛又复苏饱满,像春天里的枯木。NoNo趴在火塘边,听到笑声,抬头看了她一眼,又趴回去,把头埋在两只前腿上。NoNo老了,身上的毛快掉光了,它越来越懒,猫一样,整天趴在火塘边。玛襟伸手揉它的头,说,你看我做哪样呀?你不记得了?上一回,你跟在然鲁屁股后面,呼嗬呼嗬跑下县城,又呼嗬呼嗬跑回后龙村,我没死成,害你们白跑一趟。NoNo便又抬头看了她一眼,顺带着看了我们一眼,嘴里低低哼了几声,似乎对这个话题并不感兴趣。NoNo一只眼是瞎的,它出生的时候眼就瞎了,本以为养不活的,没想到长得还挺壮。NoNo看人的时候,瞎的眼珠微

微突起，显得异常大，像一颗美丽的混沌的黑玻璃球。玛襟叫NoNo的时候，听起来感觉摇了两次头，或许是背陇瑶语，我不知道是什么意思，汉语里没有这两个音节。

玛襟说的是她86岁那年，一个傍晚，正和人聊着天呢，突然晕倒在地，脸色发紫，牙关紧锁，怎么叫都不应人。然鲁把她送进医院，医生查不出病因，打了几天吊针，无济于事，便又把她抬回后龙村。所有的人都以为玛襟要走了，忙着给她准备后事。棺材有了，寿衣寿鞋有了，打纸钱的人也请来了，玛襟却活转来，像睡了一个长长的觉。玛襟说，她一个人在黑暗里走，四周围半个人影都没有，乌漆麻黑的，也不知道往哪里去，前面有一束针眼大的光，便跟着走呀走，突然看到她的阿娅，正高兴着呢，阿娅却呵斥她，说你来这里做哪样，赶紧给我转回家去。阿娅重重地推了她一把，她便醒来了。

此后竟也无病无痛的，倒是同辈那些人，一个接一个走了，99岁那年，玛襟突然发现，村子里再也找不到能聊天的人了。——家里也没有能聊天的人，然鲁和氏花都下县城带孙子去了，玛襟不愿搬下山，然鲁下午从学校接回孙子，才又上后龙村陪她。玛襟一个人无聊，便到寨子里走，看见小孩子蹲在地上玩石头玩泥巴，就停下来问，你是哪家的娃娃呀？你阿卜阿迈是哪个呀？小孩子不搭理她，便又走，看见有人起房子,又停下来问,这房子政府给几多钱呀?要起几多层呀?砌砖的人站在高高的墙头,大声回应她几句,便也忙去了,他不能多搭话的,否则玛襟会一直站在那里,把天说到黑。玛襟便又继续走,要是谁也没遇上,就一直走到坳口,坐在大石头上,看看有谁会从路那头走过来。NoNo跟着她,呼嗬呼嗬地跑来跑去,永远是兴致勃勃的样子。NoNo是从迈囊家抱来的,养了好多年了,它祖上是猎犬,凶得很。

玛襟拄着拐杖,走久了,双腿便会萎塌下去,软得像一摊烂泥。她知道,这双腿很快就不是她的了,她身上还将有越来越多的东西不是她的,人老了,原来拥有的东西就会一样一样还回去,还到最后,就又回到花母娘娘那里去,也许重新变成一个小孩子,也许变成猫猫狗狗花草树木,谁知道呢,那都是下辈子的事了。玛襟在寨子里转,然鲁呵斥她,叫她莫动,说她骨头现在脆得跟朽木枝一样,风刮大一点怕都会折。人老到腿没用了,力没用了,就什么都没用了。每个人都很忙,没人有空来和她聊天,听她摆古,他们有好手好脚,还有很多地方等着去走,很多事情等着去做。长长的白天,便只有NoNo跟着她,屋里屋外打转转。风从山间窜过,树木一路跟着响,NoNo冲过去,连声吠。玛襟呵斥它说,你这扯谎狗呀,你又哄我了,哪有人呀哪有人呀,半个人影都没有,大家忙着呢,没人得空理你。NoNo祖上跟随她祖上长年钻山林打猎,比别的狗狻灵多了,哪会分不清是风是人呢?它和她一样,只是太无聊了。玛襟想,她活得也实在太久了,她要到那边去,找老亲老友们了。

玛襟不再吃饭,她躺在床上,声音像游丝。然鲁把葡萄糖液掺进水里,用棉花棒沾在她唇上,玛襟说,我要走了,我阿娅来接我了。她闭上眼睛,总感觉自己要走了,身子轻得感觉不到它的存在,像是要飘起来,一直飘到云端里。躺了两天没走成,玛襟自言自语,怎么还不走呢?难道是好期没到?她问然鲁,今天初几了?然鲁说,今天初十。玛襟说,哦,这个日子不行。又问然鲁,我的老衣没被老鼠咬吧?然鲁便翻出她的寿衣寿鞋拿给她看,还是几十年前准备的,黑、蓝、白三套,藏在箱子里,仍然新崭崭的。玛襟又问起后事,这些天,她一开口就问后事。然鲁说,纸钱打好了,做法事的巫师找好了,就连菜谱都列好单子了。玛襟想想,好像也没有什么遗漏的了,便放下心来,说,我是要走的,哪天日子好,我就自己去了。玛襟这句话已经说过很多次了。她环顾房间,儿子儿媳、孙子孙媳,重孙们都回来了,每个人都把眼睛放到她身上,心情便舒展起来,说,我要走了,走之前我想喝一点点稀饭。氏花舀了一碗,坐到床沿,一小勺一小勺慢慢喂她。第二天,玛襟又喝了一碗,力气便一点一点长出来,像春天里的枯木。

NoNo又低低地哼了几声,玛襟说,你笑哪样?你哪样都不懂,你就会扯谎。玛襟的神情像个小孩,我便也笑。玛襟说,小南,你还年轻你不懂,等你老到我这年纪你就懂了,这人哪也跟草木一样,有时眼看着要死了,淋几瓢水又活转来,有时嘛,淋几塘水,也活不转来咯。

玛襟又说,你来后龙村扶贫呀,那你有空来阿娅家,阿娅给你摆古。这句话玛襟也已经说过很多次了,只是她都忘了。

| 二 |

那段时间,我们常往陇署屯去,于洋帮卜金申请得六万元危房改造补助,他家正在起房子。

远远就看到玛襟了,拄着拐杖坐在家门前,黑的衣黑的裤,将人薄薄地叠在凳子上,她的目光跨过两道坎,长长地伸过来,像一个渴水的人,我忍不住朝她走去。玛襟说,你们又来卜金家呀?

是呢,阿娅,政府给钱帮他们家起房子,我们来看看。

玛襟说,嗬嗬,现在形势好呀,政府还帮起房子。以前我们背陇瑶人栽几截木头,搭栽杈棚住,要不就干脆住到岩洞里去。小南你年轻你不懂，你连栽权棚是哪样都不懂。玛襟目光沉沉的，她的思绪又回到旧时光去了。

我是见过栽权棚的，那已经是很多年前的事了，我背着相机，跟几个摄友，攀着山道，去后龙村寻找东蛮王马乃弄署寨的遗址。900多年前，侬智高兵败，他的部属逃到凌云城，潜藏在四座高山里，民间老百姓称他们为四大蛮王。陇署屯的"署"字，便由此而来，有些人只听音，便记成了"树"字，这是不准确的。

陇署屯在山坳底，三两间茅草房，夹杂着几个尖顶茅草棚，像蘑菇，从石头缝里长出来。走近看了，才知道是羊圈。圈是空的，山羊不知在哪座山头吃草。玛襟打着光脚板，坐在家门前抽烟杆，她家的茅草房已经很老了，两侧檐尾长出明艳的野草来，竹编的鸟笼在檐下挂成一长排。玛襟穿着黑色的斜襟上衣，同是黑色的阑干，从衣领曲折延伸到前襟、袖口，黑白相间的方格头帕，色彩鲜艳的长耳环，像一个从远古时代走出来的人。我们说，阿娅好漂亮呀，我们给你照相。她摆摆手，说，老都老皱了，还有哪样好看的呀。

蛮王衙署遗址离玛襟家不远，近千年的时光，只剩下屋基和台阶了，那些粗大的石麻条，躺在乱草中，仍能窥见当年的规模，辉煌与荒凉，同时凝固在废墟里。我们对着石麻条拍照，叹息，猜测，想象。玛襟远远地看着，不说一句话。

人家棚屋就立在石头上，几根手臂粗的木柱，硬生生打进石头缝里，顶上茅草，围上燎箭竹，便是一座房子。三五个光屁股的小孩站在屋前，目光清澈地望着我们。屋内空空荡荡，光的线毫无遮拦地透进来，人的眼也毫无遮拦地透进来。

现在回想起来，很久以前我就到过后龙村了。我曾见过很多人，可我又把他们给忘了。我不知道，在我的双脚，一个屯一个屯走下去的时候，有没有见过卜金。

卜金家的木瓦房立在山脚下，晴日里，那些腐朽藏在柱子中、瓦缝间，不轻易显露它的败象。有一阵雨季，连续几天大雨，我跟着于洋和刘贵礼到屯里排查险情，走到卜金家时，看到房前屋后水流滔滔，走进家门一看，雨正从瓦缝漏下来，在地上砸起水花。卜金坐在小矮凳上看着我们笑，眼神迷离，像还没睡醒，走近了便闻到酒味。屋子里湿漉漉的，让人感觉很冷，可屋外分明是夏天。

卜金哥，一大早又喝酒了吧？刘贵礼说。

一点点而已。卜金笑眯眯的，他嘴巴一张，酒味更浓了。卜金喜欢酒，要是没有酒，便觉得那一天寡淡到过不下去。

没有床，卜金一家人睡到地上，一张席子铺在地板上，棉被衣物胡乱堆成一堆，颜色斑驳。卜金儿子在睡觉，透过门缝，依稀可见席子上团蜷着一个人，棉被盖到脸上，露出后脑勺的黑发。以后每次去，几乎都看到卜金儿子团成那副模样睡在地上。卜金说，我这个仔呀，天天睡晏[1]觉，快40岁的人了，也不出去找钱，老婆和他过不下去，跑掉了。遭孽我那小孙孙了，七八岁的娃娃，怎么熬得到成人呀。

卜金没有能力起房子，他一个人养着儿子又养着孙子，日子过得紧巴巴的。他对那个整天只想睡觉的儿子一点办法也没有。于洋和刘贵礼劝那儿子出去打工，劝了很多次，他终于松口，说等翻了年，就出去找钱。

扯谎哟，讲多少年了总不见去过。玛襟说着，摇摇头，长耳环在她脸侧晃了两晃。前两年卜金还找巫师帮儿子打解结，怕是得罪哪路神仙了，才天天睡不醒，作了几次法都不见好，也就不理了，由他睡去。NoNo趴在玛襟脚边，闭着眼，懒懒地晒太阳，听到"扯谎"两个字，迅速睁开眼，抬头看看她，又看看我，汪了一声。玛襟用拐杖轻轻戳它的身子，说，睡你的觉去，没是讲你。

这次应该是真的吧，我看他蛮动心的，还说等找到钱，要去把老婆找回来。我嘴里说着话，心底其实也是怀疑的，一个懒了几十年的人，岂是三言两语就能唤醒的，可我仍希望有奇迹，或许于洋和刘贵礼真说动了他，或是妻子的离开让他受到震动，无论如何，他都得爬起来，走到外面去。

---

1 此处方言中晏音同"暗"，指晚的意思。——编者注

那倒是好哟，要真能把老婆找回来，就圆满了。唉，也是难了，不识字，又没手艺，他出去怕也找不到工做。要在以前，识不识字倒也没关系，背陇瑶人哪天不钻山林呀，腿有力手有力就行，现在不行了，不识字走哪里都难。玛襟内心里似乎堆积有很多话，她生怕这些话别人没有空听完，总是急急地赶，让它们一长串一长串地奔出来，她的力气明显不够用，每一个音节迟缓而微弱，那些话便全都拖起了长尾巴，像洇开的墨，渐渐散了，渐渐淡了。十几年前，她坐在火塘边给我唱《背陇瑶迁徙古歌》时，声音里还长着筋长着骨，丰盈得能让满屋子长出藤蔓。

县里有培训呢，阿娅，政府会派技术人员免费教种养、电焊、厨师、搭架子、绑钢筋，等等，这些不用识字也学得会的，只要他肯学。学成后，县里还帮推荐到公司、工厂去，不用担心找不到事做。

那倒是好哟，玛襟重复这句话，叹着气说，要是你们真劝得动那仔出去找钱，卜金也好过多了。这人呀，要像草像木那样，经风经雨的，才会长得皮实。玛襟说的是卜金的儿子，她嫌卜金对儿子太纵容。她的目光又长长地爬到坎上，卜金在那里平整新房的基脚，他打算起一个80平方米的砖混平房，要是将来有了钱，他还想一层一层加上去。一个多月了，卜金每天天没亮就起来忙，一直要忙到天落黑，16斤的大铁锤砸在那些大石头上，破开的料石堆了一地，卜金身上全是灰,像落了一层雪。

| 三 |

玛襟又梦到阿娅了。上了80岁,阿娅越来越多地出现在她梦里。人真是奇怪呀,到了一定岁数,过去的事越来越清晰,眼前的事却越来越模糊。现在提起阿娅,玛襟能想到的,是她一大早上山打草药的样子,背着背篼,里面装着斧头、弯刀,还有一把有着尖头扁头的十字锄,回来的时候,背篼里一定装有几截干枯的老树蔸,盘屈的根须朝向天空,像背着一背篼怪物。傍晚她把树蔸架在火塘里,燃起旺旺的火,然后坐在小矮凳上铡草药。玛襟蹲在一旁,追着那些被铡下来、四处弹跳的草药,把它们捡回来,放到草药堆上。那时候是六岁还是七岁?玛襟记不清了,她只记得,阿娅的房间总是很香,各种各样的草药被她铡得细细的,晒得干干的,包进牛皮纸里,挂在火塘上,让烟火慢慢熏,空气里全是草药的味道。玛襟喜欢这个味道。阿娅不喜欢别人乱翻她的东西,可玛襟是要翻的,等阿娅上山打草药,她就把凳子一张一张叠起来,踩上去,把草药取下来,一包包打开慢慢嗅。玛襟认得很多草药。阿娅说,女娃娃不许学草医,可她自己却是一个草医,而且是很厉害的草医,后龙村的人有了

病痛都来找她看。

村里的人说玛襟长得像阿娅,一个模子打出来的。玛襟照镜子的时候,总感觉阿娅在看她。玛襟没见过阿娅年轻的样子,在她很小的时候,阿娅就老了,老得像她现在,一脸的褶子,背弓得快接到地上去了。阿娅脾气不好,喜欢骂人,没有人愿意挨近她。家里窄,小孩子多,没地方睡,玛襟被赶去和阿娅睡,她蜷着身子,尽量离得阿娅远远的,半夜里尿急,便梦见自己从床上爬起来,迷迷糊糊蹲到屋后拉尿,等到身下一凉,心里一惊,醒来,阿娅已经在骂她了。第二个晚上,仍尿到床上。因此每当天一落黑,玛襟就紧张,坐在火塘边,磨磨蹭蹭,怎么催都不愿意爬上床。阿娅上山打草药的时候,就摘回"撒尿包"烧给她吃,果然不尿床了。那是一种拇指粗的虫茧,黄褐色,阿娅扔进火灰里一刨,就熟了,吃起来像蜂蛹。阿娅身子常发痒,人老了,皮肤干燥,像有成群结队的虱子在乱窜——其实也很难说,就是虱子在乱窜。痒得厉害的时候,她就叫玛襟,说你帮我挠痒我就给你摆古。玛襟喜欢听人摆古。阿娅身子薄,指头一碰就能触摸到骨头,玛襟帮她挠痒的时候,像挠一张皮。

阿娅侧着身子,久久不出声,玛襟以为她睡着了,便叫,阿娅阿娅。阿娅哼了一声,像是才想起摆古的事,停顿片刻,压低嗓音唱:

> 布努的子孙呀,
> 我要给你们说,
> 我要给你们唱。
> 说说洪荒年代的事,
> 唱唱远古时代的人。
> ……

被嗓子压下来的声音,很近地贴着玛襟的耳朵,在黑暗中,像有人在说悄悄话。玛襟仿佛看到,有很多只手从空中伸出来,要将她带到远远的地方去,也许是皇门,也许是巴拉山,玛襟不知道究竟是哪里。先祖们从角落里走出来了,一个,两个,很多个,每个人都长着阿娅的脸,玛襟很害怕,缩起身子,贴在阿娅身后。玛襟平时就喜欢胡思乱想,总能看到比别人更多的东西,阿娅说她是一个心思重的小娃娃。

阿娅喜欢唱《背陇瑶迁徙古歌》,上山打草药的时候唱,铡草药的时候唱,给小孩子摆古的时候唱,听多了,玛襟也会唱了。阿娅说,老人不摆古,小辈失了谱,一辈辈人将迁徙古歌唱下去,背陇瑶人就不会忘记自己是打哪里来的了。

阿娅说,我们背陇瑶人原来住在皇门呢,后来搬到巴拉山,在那儿住了很多年,有一天,头人带着族人,跨过很多很多条河，翻过很多很多座山，才来到凌云县，先是住在城里，后来被土司赶到后龙山住。后龙山林子多，野兽多，草药多，就是土太少，种不得吃的，可也没办法呀，只能就这样住着。也不知道过了多少年，东蛮王来了（阿娅就是这样摆给玛襟听的，多年后，玛襟又这样摆给我听。我查过史料，侬智高部属在广西发展壮大后，威胁到朝廷，宋朝年间，朝廷派沿边溪峒军民安抚使岑仲淑来镇压，之后便留守广西。后来他的后代岑怒木罕征服泗城四大蛮王成为泗城土司并世袭下来，玛襟的阿娅显然把土司和蛮王在凌云历史上出现的先后顺序弄混了），在盘卡、陇隘、凉水坡、陇茂、陇松，拿石头砌起城墙，修起关卡和瞭望台，派兵日夜把守，那些城墙从山这头，一直砌到山那头，长得一眼看不完。后龙村养的羊被他们抢去了，打的猎物被他们抢去了，好看的女人被他们抢去了，强壮的男人也被他们抢去了，背陇瑶人就这样，成了蛮王的奴仆。那时候，凌云城一共有四个蛮王，他们经常互相打仗，争夺地盘和财宝。

阿娅，那土司和蛮王都是坏人啰？玛襟问。

也有好也有坏，好的比我们背陇瑶人好，坏的比我们背陇瑶人坏。阿娅说。

玛襟"哦"了一声，并不明白阿娅说什么，很多年后，当她老得和阿娅一样，长出一脸褶子，背弓得快接到地上，才明白阿娅话里的意思。

月光从燎箭竹墙漏进来，屋子里影影绰绰，那些竹编的凳，竹编的桌，全都变了身形，奇奇怪怪地立在黑暗中，眼睛盯久了，它们便动起来。不知名的鸟儿藏在林子间，长一声短一声地叫，夜便显得更深更静了，阿娅的声音在这片寂静里孑孑穿行。

有一次，住在后龙山的东蛮王和住在石钟山的西蛮王又打起来了。阿娅的声音沾满睡意，仿佛抖一下就会落得满床满地，她打了一个哈欠，继续说下去。东蛮王叫后龙村的人把山羊全都赶到一起，又叫士兵们全都穿上白衣白裤，他亲自守在瞭望台，喏，那瞭望台现在就在陇金那个古墈洞里，东蛮王站在洞口护城墙上，西蛮王的一举一动都逃不脱他的眼睛。

西蛮王来了，带领着一大堆兵，像蚂蚁群一样出现在山口，东蛮王立马叫后龙村的人把羊往山下赶，士兵们混在羊群里，大声叫着喊着，一起往山下冲。西蛮王看到很多很多白色的东西涌下山，还以为全都是东蛮王的兵呢，害怕打不过，就慌慌张张退了兵。那一次，东蛮王没费力气就打了个大胜仗。

玛襟睁着眼，那些影子就成了满山遍野的白点，两条腿的是士兵，四条腿的是山羊，他们从后龙山顶冲下来，山便动起来，地也动起来。

阿娅隐在黑暗中又久久不出声，玛襟又叫，阿娅阿娅，后来呢？

阿娅嘟囔着，不耐烦地说，后来呀，后来东蛮王就死了，喏，他的坟墓就在陇署，哪天阿娅到那边打草药就带你去看。玛襟便天天盼着阿娅带她去陇署，可阿娅却像是忘了自己的话，一次也没带她去过。玛襟从来没有想过，长大后她会住到陇署，在离东蛮王最近的地方，几乎一抬头就看见他的坟墓。

| 四 |

阿娅从来不说自己的事，她似乎生来就那么老了，老得太快，来不及长出故事。多年后玛襟才知道，阿娅的故事早就在后龙村流淌，在大人们的嘴里流淌，只是她年纪太小，眼睛里只看得到小孩子的事，等她长成少女，看得懂男人女人的眼神，听得懂男人女人的秘密，阿娅的故事才汹涌流进她耳朵里。

那时候后龙村还没有这么多人，一个寨子与另一个寨子相隔得远远的，三五家人独自守着一个山头。玛襟的寨子只住着卜金阿娅家和她们家两家人，大人们每三四年就迁徙一次，土种瘦了，山上的草药越来越难挖了，野兽也渐渐难寻踪影，寨子里的人就要迁往另一座山去。离开的时候总是秋天，等把地里的玉米、红薯、黄豆都收下来，两家人就开始出发了。阿卜把火铳背上，把猎狗牵上，把山羊赶上，阿迈把粮食装进背篼里，把最小的孩子绑到胸前，衣物粮食蔬菜弯刀锄头，各类食物种子，分别装进哥哥姐姐们的背篼里，一群人便往别处去。玛襟回头，茅草棚静静立在那儿，仿佛还等着他们回来。——没有人知道他们还会不会回来。去到新的地方，阿卜阿迈又会砍下带有杈的树干，割下茅草，搭起新的茅草棚，卜金阿娅家和她们家又会到坡上，伐倒树木，烧掉杂草，开辟新的耕地，等到春天来临，把玉米种子播种下地，新的生活便又开始了。第一年开荒种植，第二第三年接着种植，到了第四年，土也许瘦了，便又往别的山头迁徙。阿娅说，背陇瑶人就是赶山吃饭的人，不会像壮族人汉族人那样，将房子起得四平八稳的，在同一个地方千秋万代地住下去。一座山接一座山赶下去，也许有一天，又会转到原来住过的地方。那时候，茅草棚一定早已坍塌不见了，阿卜打进石头缝里的木桩也会朽掉，化成泥土，野草乱木从废墟里长出来，郁郁葱葱，就像不曾有人来过一样。瘦下去的土又能种粮食了，挖光的草药又长出来了，野兽也忘了曾经被人追猎，又从林子深处走出来。

从一座山到另一座山,生活还是原来的样子,种玉米种红薯种黄豆种火麻,砍柴打猎打草药,似乎只是原来的日子,换一个地方又重来一次。对小孩子来说,新到一个地方,最累的就是打水塘了,阿卜阿迈选好一个适合打水塘的地方,就开始往下挖,等挖出比两个阿卜还深的坑,阿迈就叫孩子们从竹梯爬下去,蹲在坑底,拿木头做成的锤子没日没夜砸。大锤把泥巴砸结实,中锤把泥巴砸严密,小锤再填补不紧实的缝隙,一天下来,手酸得想哭。孩子们砸一遍,大人们再砸一遍,塘子壁被砸得结结实实光光滑滑,阿卜仔细查看,确信水塘不漏水了,就等老天爷下雨,等水塘攒满了水,阿迈砍来木头,割来茅草,把水塘盖起来。一个装满水的塘子,很金贵地用,最多能用半年,因此,阿卜阿迈每换一个地方都要打两三个水塘子。——石槽槽当然也拿来蓄水,只是那不太顶用,大太阳晒个三天五天,很快就见底了。

玛襟仍然和阿娅睡,阿娅仍然每晚摆古。时光在阿娅身上似乎忘记了流动,玛襟六七岁时,她就那么老了,等到玛襟十一二岁,她仍那么老。玛襟挠着痒,心里想着事,不时走神,阿娅便不满地哼哼。白天里,玛襟跟阿迈上山砍柴,卜金阿娅——那时候她还不是阿娅,卜金也要很多年后才出生,卜金阿娅那年也许是16岁吧,眉毛已经修得细细弯弯的了,不久就要嫁人。她阿迈和玛襟阿迈弯着腰砍柴,一边谈论嫁女儿的事，玛襟也在一旁砍柴，便听见两个阿迈提到自己的名字，说她长得越来越像阿娅了，阿娅的故事就是从那些话里长出来的。

16岁，阿娅的眉毛一定也已经修得细细弯弯的了，她一定也和玛襟一样，有着细长的眼。城里土司少爷生了一种病，请了很多郎中都医不好，有一天，土司老爷派人上后龙山，请阿娅的父亲下山帮看病，她父亲便带着她下山去了。

玛襟从来就弄不懂土司与背陇瑶人的关系，似乎坏着，又似乎好着，她只知道城里的壮族人有时会上后龙山来，请村里的巫师下山帮占卦，打解结，请村里的药师下山帮看病，扯草药，他们的孩子晚上爱哭闹，或体弱多病时，还会跟背陇瑶人拜寄，给孩子认寄爷寄娘。

村里的老人说，背陇瑶人长年钻山林，手脚有力，行走如飞，蛮王来时，蛮王强迫他们做兵，土司来时，土司强迫他们做兵。背陇瑶人打仗恶呀，挥着长把弯刀冲进敌阵，专朝马的腿砍，骑在马上的人摔倒在地，不得不束手就擒。土司奖励瑶人功绩，专门在城内为背陇瑶人设了两个歌圩，每年农历五月二十八，背陇瑶青年男女都去那里对山歌，斗鸟，骑马，射弩，打陀螺。土司还规定，平日里背陇瑶人扛柴火，背草药下山卖，累了可以到城里壮族人家喝水，歇凉。就因为背陇瑶人与壮族人有着微妙而密切的关系，几乎所有的背陇瑶人都会说壮话。

土司少爷身上长出大片大片的疱,小小的尖头渗出淡黄色的液体,发出恶臭,液体流经的地方,又长出一片新疱来。有人说,等到那些疱长进头发里,长进脚板底,长得全身都连成片,人就会死掉。阿娅父亲查看了一番,什么也没说,连夜爬回后龙村。他在屋后种有两棵草药,一棵开白色的花,结青色的果,一棵开紫色的花,结紫色的果。阿娅采下两种草药的叶子,在石臼里舂融,包进芭蕉叶里,又送到城里去。

阿娅每天用草药给少爷周身洗一遍,再敷一遍,却从来看不清那个男孩子的脸,第一眼见到他,他就被各种药水浸泡得绿绿斑斑的,像一棵绿色植物。

一个多月后,少爷身上的疱干水了,结痂了,等到那些痂掉下来,少爷便显出俊朗的样子。他的眼睛亮闪闪的,晃着一池的阳光,阿娅在那双眼睛里看到自己,眼睛也亮闪闪的,晃着一池的阳光。少爷说,你叫什么名字?阿娅还是第一次听到他说话,之前他总是沉默的,双目阴郁,也许是新长出来的光洁皮肤让他复苏明朗。阿娅一惊,脸迅速燃烧,慌张张低下头,便看到自己的脚和少爷的脚,一双皲裂粗糙的光脚,和一双套在做工讲究的布鞋里的脚,两双脚很近地站到一起,很是扎眼,阿娅很后悔,她应该穿一双鞋来的,至少是一双棕榈皮编的草鞋。

一个故事，从不同人的嘴里流出来，便成了无数个故事。有人说，少爷病好后，阿娅又偷偷下山见了他好多回。有人说，少爷病好后，阿娅便再也没见过少爷。玛襟不知道哪一个故事才是真的，她从没问过阿娅。多年后，年老的阿娅躺在床上，给玛襟摆古，她常常说着话，便自顾自地睡着了，少女时代的波澜，再也看不出丝毫。

阿娅父亲说，你是嫁不进土司府的，他们壮族人不会同意，我们瑶族人也不会同意。

阿娅低头不语，又看到自己的光脚，骨节粗大，厚厚的老茧，这双脚曾无数次从尖石上踩过，从荆棘丛穿过，为那个染成一棵植物的忧郁少年采药送药。

阿娅父亲说，他们是主我们是仆，他们贵我们贱，他们富我们贫，更重要的是，壮族人的心是往上长的，瑶族人的心是往下长的，都长不到一块儿，怎么能在一个锅头吃饭呢？很多年后，玛襟也对然鲁说过类似的话。

阿娅父亲说，瑶族人和壮族人结不了亲，和汉族人也结不了亲，瑶族人只和瑶族人结亲。阿娅知道父亲说的是实情，千百年来，背陇瑶人从不与外族通婚。

土司少爷成亲那天，阿娅下山了，她看到一群人打着火把走在夜幕中，一对肥硕的鹅在前面引路，它们很笨拙地走。少年穿着华服骑在大马上，身后是坐在红轿子里的新娘。人们笑笑闹闹，从阿娅身旁走过，谁也不曾留意，那个站在黑暗中，赤着脚的背陇瑶少女。

阿娅跟着迎亲队伍走了一程又一程，回到后龙村后，便猫一样蹲在火塘边，终日垂着头，不言不语。她似乎很冷，蜷着身子很近地靠着火塘。阿娅父亲请巫师，作法招回阿娅的魂，很多天后，阿娅才恢复成原来的样子。后来，阿娅父亲作主，把阿娅许给了一个背陇瑶少年。

玛襟14岁那年，阿卜把攒了很久的兽皮拿下山，跟壮族人换回白布和五彩丝线，阿迈把白布放进木缸里，用蓝靛和绛头浸染出又黑又亮，并带有暗红的颜色来，阿迈教玛襟把裁好的布一个褶一个褶均匀地折起来，拿大石头压紧，要压上半年，一条百褶裙的褶子才会完美地显现出来。那段日子，玛襟的时间大多用来准备嫁衣，镶边、镶袖、镶襟、镶领，阿迈教她用丝线把花草树木绣进去，把五彩云霞绣进去，把日月星辰绣进去，把祝福和美好绣进去。那个人玛襟还没见过，也许阿迈带她走亲戚时见过，或是哥哥姐姐们带她去赶歌圩时见过，只是忆不起来了，玛襟绣嫁衣的时候，便有时憧憬有时惆怅，她会莫名想到阿娅的土司少爷，想他眼睛里那一池阳光，想那匹高头大马和那顶红轿子。

出嫁那天，阿娅摘下自己的银耳环，戴到玛襟耳上，阿娅说，背陇瑶人的姻缘是几千年前就定下来了的，你就跟着你的命走吧。阿娅又说，这人呀，也不过是一颗玉米种子，春天到了，种下地，秋天到了，结出玉米棒，变出更多的种子，一辈辈人就是这样传下来的。

玛襟把这些事摆给我听时，长吊吊的银耳环在耳侧，一晃一晃的。

| 五 |

还是小孩子时，还是少女时，未来是用来想象的，总以为接下来的日子会是憧憬中的样子，嫁了人之后才知道，婚姻是一道坎，一脚跨过坎，一个女孩子便迅速变老了，老成阿迈，然后将她的日子，换一个地方重复一遍。

玛襟跟着那个人赶了几次山，孩子便一个接一个出生了，嫁过去的寨子比原来的寨子大，有五六家吧，人多了便也热闹一些，男人们常结伴钻山林打猎。那个人扛着火铳，带着猎狗上山的夜晚，玛襟将柴火烧得旺旺的，边抹玉米棒边等他。屋子里暖烘烘的，几个孩子坐在火塘边等他们的阿卜，原先还打打闹闹的，等玛襟感觉到屋子里突然安静下来，回头一看，孩子们都歪在凳子上睡着了，玛襟把他们抱回床，等他们醒来，就会看到，阿卜已把几只色彩鲜艳的锦鸡挂到竹墙上。那个人枪法很准，他一直引以为傲。玛襟也引以为傲，觉得阿娅的土司少爷，大概长的就是那个人的模样。有时候想想，其实老成阿迈也挺好的，毕竟有一个男人属于自己，有一群孩子属于自己，她喜欢这样的日子，每一天都能一眼看得过来。

多年后，老出一脸褶子的玛襟提起丈夫，仍称他为"那个人"，她嘴角上扬，眼睛里闪过羞涩，我便看到很多年前，那个坐在小竹凳上绣嫁衣的少女。

有一次，那个人很早就回来了，站在家门口，迟疑着迈不开步子，他似乎很虚弱，脸白得像纸。玛襟一眼就看出他的魂掉了，钻山林的人总会遇上奇奇怪怪的事，掉魂也是常有的。她倒一碗酒给他驱寒压惊，等他镇定下来，也许丢失的魂儿就会自己找上门来。那个人一饮而尽，很久之后才说，他把罗夜的父亲误当野猪打了，当时大家都埋伏在隐蔽的角落里，罗夜父亲不知怎的突然走动，树木摇晃，他以为野猪来了，一枪打过去，罗夜父亲惨叫，才知道是人。他太年轻了，沉不住气，一个老猎手是不会这样冲动的。

罗夜父亲是玛襟的弟弟，他特地来帮忙打野猪的。阿娅翻山越岭，找了很多草药，可罗夜父亲还是走了。自那以后，那个人便再也没拿过火铳，他每天跟玛襟上山打草药，砍柴，背下县城卖，日子似乎又归于平静，只有玛襟知道，那个人的魂儿丢了，他常常突然就发呆，突然就自言自语。玛襟请巫师来帮他招魂，可他的魂走得太远，找不回来了。

那个人一天天地，越来越消瘦，越来越沉默，秋收之后，寨子里的人又要迁徙了，那个人没跟大伙儿走，他把玛襟和几个孩子带到陇署，那儿是一个空洞子，杂草莽莽，蛮王衙署的断垣残壁立在那儿，更显荒凉孤寂。那个人砍下带有杈的树干，割下茅草，在距离蛮王衙署不远的地方搭起茅草棚，一家人便安顿下来。在寻找打水塘的地方时，玛襟惊喜地发现，陇署居然有一眼泉，从很深很宽的石窝窝里冒出来，满满一池泉水，绿莹莹的。这也许是整个后龙山唯一的一眼泉水了，几百年前，蛮王选择在这里修建衙署，也许是因为有这眼泉吧。

那个人说，我们再打一个泥塘子吧，等孩子们再长大一些，水怕是不够喝的。一家人便起早贪黑地挖，起早贪黑地砸，半年之后，才把那个水塘子打出来。之后不久，那个人走进山林，便再也没有回来。玛襟知道他会走的，他说还要打一个泥塘子的时候，玛襟就知道他要走了，一个人的魂不在，他迟早是要跟着魂去的。

日子并没有因为一个人的离开而空下来，八个孩子像八个无底洞，玛襟每天都在想去哪儿才能找到吃的，地里种上玉米红薯了，屋里养鸡养羊了，每天天麻麻亮，就得爬起来，上山打药草，砍柴。那个人留下的猎狗，跟着她，上山下地，赶圩场,就像他还在一样。那狗名叫NoNo,之后几十年里,玛襟养的狗,每一只都叫NoNo。

林子密,野兽多,玛襟得时刻提防,圈子里的鸡羊会被豹子野猫叼走,地里的玉米红薯会被松鼠啃,被猴子掰走。好在有NoNo。有一天夜里,玛襟听见NoNo叫得急,圈子里的羊全都咩咩叫着,乱成一团,连忙爬起来,跑到羊圈看,一双绿幽幽的眼睛从黑暗中向她射来。她转身从火塘里抽出一根还燃烧着的柴蔸,追了出去。柴蔸上的火星在夜风中噼啪作响,NoNo冲在前面,一路狂吠。豹子叼着羊,脚步沉重,急促的狗叫声人叫声让它心乱,便丢下羊,逃进深林里不见了。那是一头胆小的豹子,它倘若知道,追赶在身后的不过是一个举着柴蔸的女人,大概也不会如此惊慌了。羊躺在地上,咩咩直叫,它被咬伤了,玛襟把羊抱回来,用草药敷在伤口上。NoNo趴在她脚边,懒洋洋地眯着眼睛,似乎很不屑,要是那个人还在,他肯定会给豹子一枪的。那支火铳就挂在竹墙上,已经很久不用,上面积满了灰尘。玛襟取下火铳,装上火药砂子,要是那头豹子敢再来,她保证会给它一枪。

有了蛮王那眼泉,水仍然是金贵的,遇上大旱年,仍得像往年那样四处找水背水。玛襟将盖在水塘上的茅草扒开,想等着老天爷再下点雨,将塘子装满。她给孩子们派活路,大点的孩子带弟弟妹妹，更大的孩子上山砍柴割草，她就在家对面的山上挖草药。

五岁的女儿带着两岁半的弟弟在水塘边玩，玛襟弯着腰挖一阵子，又直起身子看他们几眼，姐弟俩开心地你追我赶，笑声在山谷里回荡。玛襟便又弯腰挖了一阵子，突然听到女儿撕心扯肺地叫喊，她的心猛然一颤，转身一看，儿子不见了，女儿一个人坐在地上哭，连忙没命地往下跑，那一段山路，是她这辈子跑过的最漫长的路。她没能救回儿子，那口深塘子足够把两岁多的孩子淹没。玛襟瘫坐在塘子边，放声大哭，那一刻，她是那么地恨那个人。是阿卜帮她打捞起那个孩子的，阿卜叫她莫难过，说这孩子与她缘分浅，他是讨债来的。阿卜把孩子埋到一棵大树下，不久之后，他就会回到花母娘娘那里去，重新变成一朵红花，等待投生到另一家去。阿卜叫玛襟跟他走，说陇署太空了，一个女人带一堆孩子不方便，玛襟不愿意。日子总能熬下去的，熬到孩子长大，熬到她老成阿娅，她就可以落心了。

是哪一年了？玛襟抬头想想，仍然没想出具体时间来，后龙村的人不再迁徙了，大家长久停留下来，像一棵树。几个孩子慢慢长大，女孩子们嫁人了，男孩子们读书的读书，当兵的当兵，寨子里只剩下玛襟和NoNo。后龙村的人下县城赶圩时，就从玛襟的屋前山坳走过，天旱下县城背水时，也从玛襟的屋前山坳走过，NoNo听到声响，兴奋地奔出门外，朝着山坳吠，玛襟便也跟出来，站到屋前，仰头大声喊，喂——你去哪里呀？山坳上的人便也大声回答，去赶场呀。玛襟说，来家歇歇脚，喝口水再去呀。赶圩的人是不会来的，倒是背水的人，几大节楠竹筒装的水从县城背上来，总得歇几歇才能走得到家。背水的人便走进玛襟家，吃几个煮熟的红薯芋头，才又慢慢把水背起来，往家走。

每隔一段时间，NoNo总要失踪几天，回来时，有时候容光焕发活蹦乱跳，有时候蔫颓颓的，屁股或肩膀总会少一块毛。玛襟一边给它上药，一边心疼地说，嗨嗨，你又打不过人家了吧，打不过你就跑呀，别去跟人家争嘛，母狗哪儿不有呀！你就喜欢迈囊家的母狗，对不对？你不知道他们家的公狗恶呀。NoNo顺从地趴在地上，久久才低低哼了一声。

日子就这么悄无声息地流淌着，如果不往回看，会以为，每一天都是相同的。NoNo越来越老了，它的目光不再锐利，毛色不再发亮，新长出来的毛和褪不利索的毛，斑斑驳驳地挂在身上，像一个邋遢的人。它整天趴在火塘边，门外再大的声响也不会让它亢奋了。有一天，NoNo不见了，玛襟知道，它钻进山林找那个人去了。总有一天，她也会去找那个人的，到时候，一定会有很多只NoNo朝她跑来吧。

| 六 |

后来是哪一家跟着搬到陇署屯来的？玛襟忆不起了，这些年里，不断有人搬来，有人搬走。2016年春天，我来到陇署屯时，那里有21户114人。

于洋筹措到资金，将水泥路铺进陇署屯来，悬着崖的那边全给装上了安全防护栏。这些城里来的驻村第一书记，总看不得没有防护栏的路，似乎让路光裸着悬着崖，路便不是路了。他们从城里来，这大概是他们见过的最艰险的路了，后龙村的人可不会这样想，比这艰险千百倍的路，他们见多了，也攀多了。可有了安全防护栏，路的确舒展踏实多了，过往的面包车、摩托车便也一天天多起来。

几乎每一家都在建房子建水柜，我们从屯里走过，一路听到锤子敲打石头的声音，人们骑在墙头上一刀一刀地抹着石灰或水泥。

卜金在屋旁喂鸡，县里送给村里每户一百只凌云乌鸡，发展庭院经济。卜金用黑色的网把鸡围在山脚下，他抓起一把玉米，往上一扬，鸡们就从枝头上、石头上飞下来，争抢啄食。黑冠黑脸黑爪，很野很精神。这是凌云特有的鸡品种，已被认定为农产品地理标志保护产品，市场上卖得很火。我夸他的鸡养得好，卜金得意地说，那当然了，我的低保金都拿给它们吃了。卜金的儿子去湖南打工了，也不盼他能寄钱回来养家，一个沉睡几十年的人，终于肯爬起来走出家门，就已让人欣喜，不敢对他有太多要求，他能养活自己就好。其实我们还真怕他吃不了苦，突然转回来，重新睡到床上。少养一个人，卜金感觉轻松了很多。

人少，80平方米的房子便显得宽敞，镇里组织干部职工、驻村工作队捐款，给卜金买了三张床和棉被床单等用品，还帮他建了一个伙房，购置电炒锅电饭煲，一切都是新崭崭的。

卜金坐到堂屋里跟我们聊天，我环顾四周，竟有恍惚感，几个月前四处淌水的房子，在地板上沉睡不起的男人，似乎只是幻觉。刘贵礼说，今天没喝酒了吧？卜金不好意思地笑，说，一点点，就喝一点点而已。也许是怕我们失望，又补充说，已经比以前少喝了很多。

门外不远处是水柜，沿着山势高高低低地立成一排，透明的盖子，从高处往下看，像蜘蛛网又像八卦图。卜金家原来已有一个水柜，今年又新建了一个，每立方米政府补助280元，水柜外壁写有卜金的名字和编号、立方数。我问卜金，寨子里水柜多的人家能有几个？卜金说，也许有五六个吧，没数过。那你家两个水柜，应该够吃了吧？卜金说，那是够的,除非老天爷太可恶,一年都不下一滴雨。喏,坳上还有一个1000多立方的大水柜,是集体供水用的,实在没水了才能用它。我看到水龙头旁有几个天蓝色的圆柱体,便凑过去看,卜金说,那是净化器,政府刚帮安装的。我自然是知道这些的,住房安全保障,饮水安全保障,都是扶贫工作的重中之重。为了确保饮水安全,全县各村的家庭水柜都加上了盖子,安装净化设备,我只是还没见过净水器的样子。卜金拧开水龙头,清亮的水流下来,又连忙关上,很金贵的样子。

我说,我试喝一口看甜不甜。卜金便笑,说现在的水好喝多了,没有木叶味,也没有泥巴味。怕我听不懂,卜金又比画着说,树上的叶子落下来,烂在水里,水就有木叶味了。卜金又说,往年那些水塘,猴子松鼠老鼠小鸡经常掉进去,有些捞得起,有些捞不起,捞不起的便也罢了,照样得喝那个水,没得法子。

抬眼便看见玛襟,拄着拐杖,脚步轻飘地走在路上,NoNo跟在一旁,懒心无肠的样子。一人一狗,阳光下像剪影。然鲁是劝阻不了玛襟走寨子的,玛襟说,能走一步是一步呀,这人哪,总会有走不动的那天,到时候你求我走我也走不了呀。

卜金说,有一次,莫县长来陇署屯检查水柜,喏,就在门外那排水柜那里，玛襟从寨子一头走过来，见到县长，紧紧抓住县长的手不放，用壮话不停地说呀说呀，然后县长用桂柳话，也不停地说呀说呀。两个人，一直说一直笑，其实一个听不懂一个的话。

我们便都笑。莫县长是那坡县人，他说的是南路壮话，而玛襟说的是北路壮话，两种壮话几乎没有相似的地方。但我相信，莫县长能听得懂玛襟的话，他来凌云多年，一口桂柳话已经熟得分不清他是那坡人或是凌云人。

我说，那玛襟说什么了？卜金说，她说现在形势好呀，政府帮起房子做水柜，要是以前，没水喝没房子住有哪个理你哟，住岩洞也没人理你。就这些话，玛襟喜欢摆古。

那县长呢，他说什么了？

县长就说，老人家身体硬朗呀，要保重身体，健康长寿，我们的日子还会越来越好的，就这些话。

我们便又笑。

玛襟没有向我们走来，也许她没看到我，她和 NoNo 转过弯，拐向另一个方向去了。我想象她拉着县长手絮絮叨叨的样子，忍不住又笑。

这都是两年前的事了。

玛襟现在已经 105 岁了，腰弯得厉害，像一颗饱满的种子，就要弯回泥土里去。她常常分不清时间和空间，把家里的几个孩子认得颠三倒四，把我也认得颠三倒四——她以为我还是十几年前的我。105岁的玛襟脑子已经有些迷糊了，她长时间坐在沙发上，闭着眼睛打瞌睡。她的梦越来越多，越来越离奇，她看到很多很多先人，他们跟她说很多很多话，醒来的时候就会胡言乱语，可很多时候，她说出来的话却让人不由得惊一下，想想，又再惊一下。也许，人越接近土地就越通透吧，看得到平常人看不到的东西。

启 芳

| 第六章 |

| 一 |

我们又一次往木瓦房去,这座陇法屯唯一的笆折房,传统干栏式建筑,上层住人,下层住牛。——笆折房这个词是石顺良说的,这种从时光深处生长出来的字眼,只有后龙村的人才会说。我和于洋看到的是竹篾编成的墙,细密的,精巧的,正着编的篾条,反着编的篾条,构成图案,蔓延成整壁墙,每一面都是艺术品,可它真的太老了,说不准哪一天就会坍塌下来。

启芳在喂牛,他从墙角里抱起一捆饭豆藤,扔进牛圈里,牛啃扯藤叶的声音便清晰传上来。牛爱吃饭豆藤。启芳扔下三捆饭豆藤,才拍掉身上的尘灰,转过头来跟我们说话,他养有四头牛,每天要吃很多草料。

阳光从木栏杆外照进来,落到启芳脸上,他的头发眉毛便是金色的,闪着光。黄牛在木楼下咀嚼饭豆藤,每嚼几口,就停下来,抬头看远方,几只母鸡带着一群鸡崽跟在后面,啄食腐草里的虫儿。鲜草的味儿,腐草的味儿,牛粪猪粪的味儿混在一起,弥漫上来,淡淡的,竟也有些好闻。

和我们说话的间隙,启芳已喝下两碗酒了,他从角落里拎起塑料壶,自己给自己倒酒——那只20斤装的大塑料壶,似乎永远装满酒。启芳说,我们背陇瑶人拿酒当茶喝呢,上山干活累了喝一碗,在家闷了也喝一碗。他倒给我们的酒还搁在凳子上,清亮亮的,我和于洋只是看着,不敢喝。启芳倒也不勉强,他知道我们喝不了酒。

启芳又提到那天了,每当于洋苦着一张脸,千方百计躲开酒时,启芳总会提到那天。于洋第一次到陇法屯走访,那时候他的脸还是白的,身形修长,像一个文弱学生。启芳腰后插着弯刀,肩上挂着绳子,走出家门,准备上山割牛草。石顺良说,这是区财政厅新派到我们村的第一书记,于洋书记。他便多看了那学生几眼。于洋朝他微笑,两只深酒窝,白皙的脸似乎红了一下,仔细看时,又不见了,启芳怀疑是自己看恍了眼。那天阳光很盛,初春的阳光很少有那么盛的,因此启芳记得特别清楚。

三人站在路上聊了几句,启芳邀他们到屋里坐,他家的木瓦房就在身后几步远。于洋说,那不耽搁您做事吧?于洋一口好听的普通话,听起来有些遥远。

启芳说，哎呀，不过是割牛草而已，早点晚点没关系的。三人便往木瓦房去。后龙村人说话没有翘舌音和鼻音，因此两人说话时，于洋一口一个您，启芳一口一个你。

于洋坐在凳子上，低头翻看帮扶手册，启芳倒了满大碗的酒，递过去，说，于书记，先喝碗茶解解渴吧。于洋喝了一口，疑惑地问，这不是开水吧？启芳和石顺良都笑起来。启芳说，这是玉米酒，度数不高的，你喝点尝尝。于洋一听，连忙说，我不会喝酒呢，今天还要走访很多户，喝了酒就走不动了。启芳说，书记，你就喝点吧，这是我酿的酒，你今天来了一定要尝尝。于洋转脸看石顺良，石顺良远远站着，微笑不语，这样的场景他见得太多，知道于洋不把那碗酒喝下去，是不好走出这个门的。于洋也知道瑶寨酒风浓，一碗酒更多时候并不是酒，是试探，是尊重，是交情，启芳期待的眼神让他找不到推辞的理由，只好端起碗，硬着头皮喝下去。那是他第一次喝玉米酒。酒在他体内燃烧，很快燃到脸上，燃进眼睛里，启芳一看，就知道这年轻人是真的不会喝酒了，便开心起来，觉得这个城里来的第一书记是个实在人。他喜欢实在人。

于洋咧开嘴笑，脸颊上的深酒窝，让他看起来总像带有几分羞涩。几乎天天走村串户，于洋的脸晒得和石顺良一样黑了，仔细想来，竟已忆不起他曾经白皙的模样。我们也忆不起他喝酒的模样。村里的事太多，一件事去了一件事又来，那么多事垒堆在一起,一些记忆总会被另一些记忆覆盖掉。

小黑小黄在我们脚边嗅来嗅去,启芳说,狗在认你们呢,多嗅几次,以后你们来家它就不叫了。于洋伸出手,抚它们的身,抚它们的头,狗索性站立不动,摇起尾巴,由着他抚。小黑小黄是于洋给取的名字,黑狗叫小黑,黄狗叫小黄。启芳家的狗并不算凶,我们头几次来,刚走到篱笆墙边,它们就从屋里奔出来,冲我们吠,启芳呵斥几句,它们便不叫了,掉头走开,看也不看我们一眼,似乎很生启芳的气。

家里读书的娃娃多,没钱起房子哟。启芳说,脸上笑眯眯的,似乎不是在说难处。他的妻坐在一旁脱玉米棒,她不爱说话,看向我们的一双眼睛里,只静静含着笑意。房子是1998年起的,那时候他们结婚好几年了,孩子正一个接一个出生。阿卜说,树大分丫,人大分家,他们便从阿卜家搬出来,自己起房子。建房材料是一点点攒起来的,像燕子衔泥。每天忙完里里外外的活儿后,夫妻俩钻进山林,将大树伐倒,晒干,一根根扛回来,做成柱子,做成檩条,又将一根根竹子砍倒,破成篾条,编织成笆折。当那些材料堆得和阿卜家的木瓦房差不多一样高时,他们知道,他们已挣下了一个世界。那段时间,夫妻俩的心每天都是满的,就像春天里落了一院子的阳光,人走过时,总忍不住想要咧开嘴笑。房子起得精细,20多年前,陇法屯那么多房子中,它也曾鲜亮耀眼,启芳从没想过,这房子有一天会变成陇法屯最暗淡的房子，他原本打算住几辈人的。

我们都不说话，屋子里变得空旷起来，阳光从笆折墙穿过，风从笆折墙穿过，启芳的声音像在荒野里游荡。我抬头看四周，笆折墙上挂有不少农具，很古老陈旧了，筛子、簸箕、撮瓢、猫公箩，还有一些我叫不出名字也不知道用途的篾具，有些还用着，有些已经多年没用了。——主人家总想着有一天会用上，其实内心里都知道，永远不会再用到它们了，可却舍不得扔，依然一年年地挂在墙上。

政府给危房改造补助也起不了哟，我连房子主体的钱都找不到。启芳说。他的眼睛看向墙壁，那儿是满墙的奖状，四个孩子小学初中高中的奖状，按照年份，整齐地贴在上面，旧的已经发黄，新的亮得晃眼。——这是桂西北凌云县的民间习惯，将孩子的奖状贴到墙上，是一种荣耀和激励，也是一种吉利。这习俗原先只在壮族、汉族中流行，不知什么时候起，也传到瑶族那儿去了。只是，后龙村有这样一墙奖状的人家并不多，因此每次来启芳家，我们的眼睛都会不自觉地被牵引，然后听见心底有万物生长的声音。

于洋的目光也落到墙上，他知道这四个学生，除了在外读大学的宗文，其他三个孩子他都见过了。女孩子长着母亲明媚的眼，男孩子长着母亲圆润的脸，他们眼睛深处，都有着和启芳一样的清澈，叫人看了不由得心生喜欢。

启芳说，这房子还能住人呢，我们就凑合住下去了，新房子等娃娃们长大了自己想办法，我们做父母的没本事，一辈人就只能起一个房子了。他的眼睛在屋子里巡了一圈，像一个大势已去的王，伤感地看着他日渐破败的江山。尽管全家人有低保补助，尽管读高中、读初中的孩子，都进了中广核集团开办的"白鹭班"和深圳盐田区开办的"盐田班"，读大学的孩子也有"雨露计划"等教育补助，可后龙村的土实在太薄了，启芳的肩也实在太薄了，日子仍然沉甸甸的。

| 二 |

启芳尝试外出打工，还是十多年前的事。那时候，后龙村年壮的人，开始不断往外走，帮人砌墙，打山工，或是进厂做流水线工人，一年挣下的钱，总会比守着后龙村种地强。——很长一段时间里，后龙村的人几乎都在谈论这些事，事实上，人们眼睛里看到的，确也如此。

有一天，启芳也背着行李走出家门了，几个后龙村人结伴，在荒坡里帮老板种八角树，种桉树，还几乎绕着山，砌了一条长长的水沟，不承想，老板一分工钱都没结。春节已经很近了，老板一天推一天，大家很着急也很气愤，却拿他一点儿办法都没有，实在耗不起，只好步行回家。上百公里的路呀，就算后龙村的人双脚爬过再多的山，走过再多的路，也永远不会忘记那段路的漫长。

启芳跟我们说起这些时，眼睛沉沉地盯着地面，似乎那里有一口深井，当他抬头，深井从他眼睛滑落下来，跌进我眼睛里，我连忙将目光避开，投到别处去。我不愿意看到深井。——我知道一个内心简单的人，在面对这些事时的无力感。你明知道那个人满口谎言，你明知道那个人在算计，你仍会感觉到自己全身冰掉了，舌头冰掉了，四肢冰掉了，你不会语言，你变得笨拙，除了承认自己无能和懦弱，然后像刺猬一样蜷起身子，你什么办法都没有。没错，我说的是我自己。我知道那口深井里的东西。

那次以后，启芳再没外出打过工，他像往常一样，种玉米种红薯种黄豆，养鸡养猪养牛，还没禁牧的时候，还养过一群羊。

春天播下多少种子，秋天有多少收成，不论歉收或是丰收，一年的光景总能握在手里，这样的日子让启芳感觉踏实。他的妻什么也没说，启芳外出打工，她跟着，启芳留在后龙村种地，她跟着。她的眼睛里，总是充满笑意。

1988年，启芳第一次见到她时，她的眼睛里就是这种笑意。那时候，启芳20岁，她21岁。在熙攘的圩场里，她和几个同村姑娘一起走，天蓝色的斜襟上衣，头发全收进方格头帕里，鲜亮的耳环长吊吊地挂在脸侧。几个姑娘说说笑笑地走在前面，她偶尔回头，猛然撞上启芳的眼。本是陌生的姑娘小伙便也搭上了话。那天，几个小伙子一路跟着姑娘们，一直跟到她们的村子去。

还没遇上她之前，启芳已经走过很多个村子了——背陇瑶男孩子长大后，就会结伴翻山越岭去别的村"耍表妹"，这是千百年前就流传下来的习俗，用对唱山歌的方式，结识年轻女孩子。那是属于年轻人的时光，一群姑娘小伙围着柴火旺旺的火塘，把天唱黑了，又把天唱亮了。

阿卜阿迈从来不担心启芳的婚事，他们说，背陇瑶人的姻缘在几千年前就定下来了的，可那么多个村子唱下来，启芳都没遇上让他心动的人，一直到那姑娘突然回头。

启芳在亲戚家住下来——几乎每个背陇瑶聚居的村寨，启芳都能找到亲戚。先祖们乘船从皇门驶过来的那天起，就注定背陇瑶人不论走到哪里，都会像长长的藤蔓攀缠到一起，因此小伙子们外出"耍表妹"，从来不担心找不到投宿的地方。启芳白天帮亲戚干农活，吃过晚饭后，亲戚才慢悠悠地走出家门，邀请村里的姑娘来她家唱山歌。时间在她跨出门槛的那刻便已凝固，一直到门外传来姑娘们的笑声，才又流动起来。她来了，坐在一群姑娘中，启芳也坐在一群小伙子中。两个人隔着火塘，跟着一群人唱着笑着，她的眼睛不看向他，他的眼睛也不看向她，可都知道对方的心思一直长在自己身上。

在那个村子整整待了六天，唱了六天，启芳和伙伴们才恋恋不舍地返回后龙村。临行时，他和她约定，下个圩日一起去县城赶圩。到了圩日,又约下一个圩日,一个圩日接一个圩日约下去,终于有一天,她要跟启芳去后龙村了。她父母不同意,骂她,你嫁去后龙村,吃石头呀?她家所在的那个村,隔着县城,与后龙村遥遥相对,两个村子两座山,她在的是土山,长有满坡的茶油林和八角林,启芳在的是石山,除了满坡的石头和瘦瘦的土,什么也没有。她不听,捡了几件衣服,跟着启芳跑到后龙村,就这么几十年住了下来。——都是命呢,命叫你往哪里走,你就得往哪里走,谁也恶不过命。那个眼睛含笑的姑娘,如今已面目沧桑,她坐在木瓦房里,低头脱玉米棒,微笑着跟我们摆年轻时候的事,神情闲淡得像是日子从来就是这个样子,又像是时光从来就是这个样子。一个青葱女孩子,曾有过怎样的艰难或委屈,于别人则已不详了。

时光似乎停滞下来,唯有木瓦房越来越老,唯有木瓦房里的人儿在不断老去,不断长大。——当启芳背着棉被衣物,拎着提桶脸盆,从那座荒坡走出来的那刻,就已决定,山之外的那个世界他不会再来了。他这辈子走不出后龙山,可他要让他的孩子走出去。他的孩子都送进学校里了,在这之前,他从没觉得上学读书有多重要。孩子从学校领回奖状,启芳一张一张往墙上贴,终于明白,为什么壮族人家、汉族人家要将奖状贴到墙上,那是一个家的底气和希望呀,就像春天来临时,把一颗又一颗种子埋进泥土里,就为等着一个秋天的到来。

没文化走哪里都被人欺负。启芳说着,眼睛又落到墙上了,他的语速一向很快,这时候却缓下来,像被什么东西绊住了。我们的眼睛跟着他落到墙上,心里也像被什么东西绊住,话全被堵在嗓子里。

所以,再怎么苦怎么累,就算全寨人就剩我一家起不了房子,我也要先送娃娃读书。启芳的话终于全都落下来,像一个走了远路的人。

石顺良看向于洋,我也看向于洋,我们都想从他脸上看到难题破解的痕迹,这些城里来的第一书记时常能带来奇迹,他们总有办法,让一些我们觉得不可能的事变得可能,就像陇兰屯、陇喊屯、陇署屯进屯路的安全防护栏,这些都不在项目建设范围内,并没有相关经费,可第一书记们仍筹措到资金,把几个屯的安全防护栏全给安装起来。

很多时候,我都觉得于洋似乎长有触角,他将浑身的触角无限伸长,伸长,向同学、朋友、企业、爱心人士伸去,相比村两委或其他驻村工作队员,他有着更为宽广的人脉,能为后龙村争取到更多的机会。

于洋没有看我们,他只是长久地看着墙上,沉默着不说一句话。房子终究还是要建的,这座笆折房让我们不安。

| 三 |

小黑远远朝我们奔来，不，朝于洋奔来，它来势太凶，把控不住，居然一头栽进我们身后的竹丛里，又兴冲冲爬上来，扑到于洋身上，要是于洋长得矮一些，小黑热乎乎的舌头怕是要舔到他脸上去了。小黑太黏于洋了，黏得都不像一只狗。我们全乐得不行，于洋拍拍它的脑袋，笑骂它笨，它摇头晃脑地奔到前面几米远，又奔回来，挨在于洋身旁亦步亦趋。如果我们走户，它就跟着满寨子走，如果我们去启芳家，它就活蹦乱跳地在前面领路。

启芳在建新房——房子终于开工了，之前，镇长来看过几次，和于洋探讨过几次，决定先借钱给启芳建房子。按政策规定，只有建起房子一层主体，让镇里的城建部门下来核验拍照，并将材料上报县里，才能申请到危房改造补助。于洋总想着能帮上启芳的忙，想法筹措到一些资金，在后龙村，仅靠传统种养，建一栋房子实在太沉重了。

新房就建在旧房旁，站在木栏杆前，能看到启芳夫妇往模型里浇灌水泥浆，14根水泥柱子已经从地里长出来了，屋基一半在坎上，一半在坎下，坎很高，因此启芳得把柱子立起来，撑住房子，让它一半悬着空。夫妻俩赶早赶晚，自己动手，一砖一浆慢慢砌。几乎每一个后龙村人都会建房子，茅草房、石头房、木瓦房、砖混房，时代怎么走，他们就能怎么建。启芳夫妇头发眉毛上全是灰白色的粉末，厚沉沉的，仿佛眨一下眼，低一下头，就会纷纷扬扬掉下来。

从下基脚的那天起，于洋便不时来，有时候是一个人，有时候是几个人，更多时候是和刘贵礼。启芳从县城拉回水泥砖，尽管下的只是毛毛雨，夫妇俩仍手忙脚乱地搬砖头，于洋和刘贵礼正好来到，连忙帮着一起搬，扯开塑料薄膜把砖头盖严实，水泥砖要是打湿水就不收浆了，等到砌墙时，砖与砖之间就很难抓得牢。大家忙了半天，心里都很高兴，也许三个月后，也许五个月后，启芳就有新房子住了。

砖墙已砌到一人来高，于洋走进去，水泥砖的味道立刻向他包围而来，要在以前，他会觉得刺鼻，可现在，这味道竟叫人欢喜。于洋的眼前是砌了一半的窗，窗外是对面山浅浅的绿色，从匍匐在石头上的荆棘里长出来，从低矮的灌木丛长出来，玉米苗也长出来了，瘦瘦地趴在地上。几个月后，启芳或宗文，或是这个家里的谁站在窗前，就能看到窗外愈来愈浓的绿意，一个夏天的到来，会让所有的生命变得蓬勃丰盈。一栋未完成的房子总能给人很多想象，于洋在工地里走来走去，看着柱子，看着窗子，看着启芳妻站在墙根，往上传递砖头，启芳站在高高的木架子上，一刀一刀往砖头上抹水泥浆，然后镶嵌进墙里，砖头一块一块砌起来，墙便也跟着一寸一寸长起来。眼前的一切都让人欣喜，于洋忍不住拿起手机拨打宗文的电话。后龙村23个大学生的电话号码全存在他手机里，于洋还建了一个后龙村大学生微信群，这些都是种子，会让后龙村变得葱茏。他和他们在群里交流互动，把自己变成另一个他们，把他们变成另一个自己。

这年春天，在细如牛毛的雨中，于洋站在启芳家尚未完工的房子里，对着手机兴奋地说，宗文，你们家起新房啦，等你回来就会发现不一样了，你父母很辛苦，你要认真学习，以后好好孝敬他们。宗文的声音从手机里传来，谦逊有礼，一听就知道有着很好的教养，这让于洋更加开心了。他喜欢谦逊的人。那天，两个人在电话里说了很多，那是他们第一次听到彼此的声音。几个月后，宗文放假回后龙村，还没到家，就先去村部拜访于洋，他一直以为，给他打电话的第一书记是个中年人，见到于洋才知道，竟是一个和他年纪相仿的年轻人，可那天，于洋在电话里叮嘱他的语气，分明老得像一个长辈。宗文把这一发现告诉于洋，两个人都哈哈大笑，心一下子就近了。

彩花周末从学校回来，就忙着到工地里和水泥浆，搬运砖头，像是专程赶回来帮父母起房子的。于洋看她衣裤溅上水泥浆，汗水从头发流淌下来，一张脸晒红了又晒黑了，便觉得心疼。太懂事的孩子都会让人心疼。可我喜欢彩花这个样子，一个会体恤父母的孩子总是有希望的。

后龙村读高中的女孩子不多，于洋担心彩花坚持不下去，每次见到她在家，总要坐下来和她聊天，想知道她在学校遇到什么困难，学习上的，生活上的，或许他能给予一些帮助。那种高压状态下学习的压抑，以及一个少年向青年蜕变的迷茫，他都曾经历，他相信自己的经验能给彩花启发。于洋又说起自己的求学经历了，人生的很多苦难，只要能跨越过去，就会变成财富，他希望彩花也能咬牙努力一把，考上大学，走出后龙村，抵达那个辽阔丰富的世界。

彩花听着，并不多说话，大多时候只是羞涩地笑，她长得像母亲，特别是笑起来的时候。彩花的学习成绩不是很好，也不是很坏，这让她有了多种可能，似乎稍一努力，就能赶上去，挤进成绩优异的行列里——至少，学校的老师就是这样认为的。于洋的话让她时而振奋，时而沮丧，像是看到一根从崖口放下来的绳索，她抓着绳索攀爬，或许就真的爬到崖上去了，可也很难说，她千般努力却爬不上去，白让崖口等着的那个人失望。

启芳坐在一旁，手里端着一碗酒，竖起耳朵听于洋跟彩花说话，有时听着，便忘了碗里的酒，等记起时，才送到嘴边，几大口喝尽。启芳身上灰扑扑的，他刚从脚手架上走下来。

于洋说，后龙山太高了，双脚走不出去，只有读书才能飞越那座山梁。他的手指向门外，那儿是一座高峰，后龙山连绵的山脉从启芳家屋前蜿蜒而过。站在木栏杆前，抬头是它，低头是它，视线所到之处，全都是巍峨的山体。——后龙村本就在后龙山中，我们目光所及，无一不是后龙山。于洋说得有些文绉绉，可启芳还是听进心里去了，他抬眼看向高峰，很多年前，他和妻就是爬上那座山头，砍下大树，建起笆折房的。现在山秃了，石头裸露出来，有些狰狞。于洋从不肯说出那个"穷"字，他总小心翼翼地照顾到几个孩子的自尊，照顾到他们一家人的自尊。于洋的心思，他懂。

| 四 |

100只乌鸡，30只麻鸭，4头牛，2只狗，启芳家看起来满满当当的，每一个日子便在鸡鸣狗吠中醒来，睡去。日子是寻常山里人家的日子，有着自己的快乐和忧伤。只是土的瘦薄时常让于洋有窒息感，总觉得沉甸甸的，总觉得颤巍巍的。在后龙村，仅靠传统种养是无法彻底摆脱贫困的，可并不是所有的人都能走出后龙山，或许就像启芳说的，他这辈子走不出后龙山，可孩子那辈还是要走出去的。这些孩子，他们得努力长出翅膀。

于洋为几个高三学生申请到广西福彩公益助学计划项目，每个孩子得到2000元助学金，等他们考上本科，还将有5000元助学金。像等待地里的瓜果成熟，于洋时刻关注着这些孩子，高考成绩出来后，又把他们召集到村部，帮着分析，一起讨论怎么填志愿——这些事，他们的父母帮不上忙，于洋担心他们错过了什么。后龙村的孩子信任他，后龙村的家长信任他。

夏天到来的时候,于洋从区财政厅申请到5000元教育扶贫资金,在村部召开全村教育扶贫奖励大会,专门奖励品学兼优的学生,村部宽敞的院子站满了人。学生们的眼睛热热地看过来,家长们的眼睛热热地看过来,整个会场热气腾腾的。于洋和驻村工作队、村两委给孩子们发奖金,大学生1200元,高中生1000元,初中生、小学生800元。读大学的孩子,读高中的孩子,走到前台,说自己的求学经历和未来规划,他们有些拘谨,说到梦想的时候,便腼腆地笑,像是被人撞见了一个秘密。

于洋在一旁看着,眼睛里也热热的。我想,他应该会想到农夫吧,在春天里,每种下一颗玉米种子,在秋天里,就会收获一棒玉米。是的,他就是那个种梦的人。他给后龙村的孩子和家长种下一个憧憬,就像农夫,他在等一个秋天到来。——于洋的秋天真的到来了,那年高考,后龙村有四个孩子考上了大学,那么多孩子同时考上大学,在后龙村,这还是第一次。

于洋的好友被打动了,也加入一起种梦,两个年轻人用自己的工资资助后龙村的孩子。于洋在村里选了两个孩子,一个是彩花,一个是盘卡屯的宗飞。宗飞的父亲腿脚不便,日子也过得沉甸甸的。选择这两个孩子是因为他们家庭贫困却勤奋好学,更重要的是,他们懂事到让人心疼。于洋和好友给读高中的彩花，每年资助2000元，给读初中的宗飞，每年资助1000元，这些资助将一直持续到这两个孩子读完大学。两个年轻人还约定，将来不论于洋去到哪里，他的好友去到哪里，每年都会回后龙村一次，跟踪这两个孩子的成长。——于洋希望，这些孩子，他们能一直保有对学习的兴趣，以及对父母的尊重和体恤。

进入腊月，外出务工的人开始陆陆续续回到后龙村，年的味道便从他们的脚步中散发出来，从他们带回的年货里散发出来。我带着十几位书法家，在全县八个乡镇走村串寨写春联送春联，这是县文联举办的文艺惠民活动，我们已经坚持了很多年。来到后龙村的时候，寨子里已多了很多年轻面孔，他们骑着摩托车，从寨子里驶过，从山道上驶过，衣着发型带着山之外的气息。我们在陇法屯空旷的地方铺开桌子，把笔墨摆上去，把春联纸摆上去。我们穿着鲜红的文艺志愿者马甲，在鲜红的春联纸中穿行，阳光很暖地落到身上，脸上，我感觉自己是火焰，书法家们也是火焰。

后龙村的人来了，一层层地围上来，他们笑眯眯地说，帮我选一副好的。我便给他们选，岁岁平安，人寿年丰，财源广进，世俗间所有的美好都给他们选了。他们守在一旁，一眼一眼地看着书法家们写，一眼一眼地看着自己的愿望落在红彤彤的纸上。墨迹未干，他们小心翼翼地捧着，拿到阳光下晾晒。空地上已经晒有很多春联了，风吹来，春联卷起角，啪啪啪轻响，却仍被石子压着，偶有被吹走的，红红的纸刚翻两个身，就被人大呼小叫地追回来，用更大的石子压上。人们守着对联，读着对联上的字，每一张脸都笑盈盈的。墨汁好闻的味道跟着风，落到人身上，每个人便都是好闻的。那么多的红色，铺了满满一地，看得人的心一朵一朵开出花来，像铺上了整个春天。那么多的春天。

启芳也来了，他说，小南，你帮我选一副对联，要长点的，贺新春新房的。我又给他选，11个字的对联纸，有着金色的底花，红火火金灿灿的。启芳站在桌子旁，两只手握着对联的一头，看书法家挥毫，他看得很仔细，嘴里念着那些字，像是要把那些字吃进心里。启芳的新房我去过了，客厅依然是一墙的奖状，笆折房那墙奖状被他小心地揭下来，贴到新房来了。穿过客厅，能跟着楼梯走到底层，那儿有一个卫生间，整一幢房子都没有装修，唯独这个卫生间贴上了瓷砖。启芳说，你们不是老说下村找不到厕所吗？我给装一个。启芳笑眯眯的，我的心便暖起来，背陇瑶的房子大多不装卫生间，我们刚来到后龙村时，内急常找不到地方，也不过随口说了一句，没想到启芳一直记着。

年很近的时候，村里来了一个特别的人，中共中央政治局委员、国务院副总理胡春华在自治区党委书记鹿心社的陪同下，来到凌云县调研督导脱贫攻坚工作。他们来到启芳家，在客厅八仙桌旁坐下来，胡春华副总理一抬眼就看到那一墙奖状了。那天的场景和对话,启芳记得很清楚,他跟我说起这些时,很开心的样子。我笑说,启芳哥,你都不紧张呀?启芳说他本来有些紧张的,可看到国家领导人那么随和,便也不紧张了。我说,启芳哥好厉害呀,要是我,早紧张得说不出话来了。启芳便笑。一直笑。

那天,胡春华副总理还去了启和家,启芳启和是堂兄弟,两家人隔着一片玉米地。后龙村第一次迎来国家领导人,我们便都记住了那天,2020年1月18日。

| 五 |

我们从陇法屯走过,一群小孩子追着于洋喊,于叔叔,快告诉我们,你的生日是哪天?于洋说,干吗问这个?他们笑嘻嘻地说,不告诉你。小脸蛋红扑扑的,拼命捂着秘密。于洋笑笑准备走开,他们便憋不住了,争着把秘密说出来,他们要送于洋礼物,想给他一个惊喜。于洋说,谢谢小朋友们啦,于叔叔不要礼物的,你们乖乖的就好。于洋的眼睛亮亮的,我知道他的心里正温暖着。我们笑他逗狗逗猫逗小孩,其实内心里也同样温暖着。

幼儿园就在陇法屯山坳上,那里几乎是后龙村的中心地段,几个屯的人来到这里,距离都不是太远。好几年前,那里是一所小学,后来成了村部,再后来成了幼儿园。一层的砖混平房，狭窄低矮，黯然地背对着公路。2019年，深圳市盐田区出资将那间平房推倒，把周围的石头推平，建起一幢两层综合楼和运动场，红的蓝的楼墙，红的蓝的运动场，红的蓝的游乐设施，在林立的石头间，像童话里的城堡。那些无人看管，整天晃荡玩泥巴的顽皮孩子，如今坐到城堡里，跟着老师唱歌做游戏。我们从窗外走过，他们便眼睛亮亮地看过来。

竹丛那片空地现在已变成小广场了，石阶一级一级地往高处延伸，曲径通幽，种上花草，变成休闲处。一条环屯路绕了寨子一圈，我们开着车，就能去到启芳家门前。

陇法屯有96户474人，是后龙村最大的屯，人多，养的家畜家禽多，还没实行集中排污之前，猪粪牛粪四处流淌，尽管屯里道路已全部硬化，我们却常常需要踮起脚，才能找得到下脚的地方。于洋从区财政厅申请到50万扶贫资金，在陇法屯搞集中排污试点，效果不错，厅里又资助了60万元，继续在陇兰屯、陇喊屯搞集中排污。环境差的时候，村民把粪水往路上排，把垃圾往地上扔，一点儿也不知道爱惜；环境好了后，就有些舍不得了，事情往往是循环的，恶的更恶，好的更好。

宗文抱起饭豆藤，一捆捆往圈里扔，牛把藤嚼碎，我便又闻到草汁好闻的味道。新房阳台正对着那道山梁，我们一抬眼就撞到山，某一个瞬间会感觉到它逼迫过来，很近地压到我们头上。宗文喂完牛，走过来，坐到我们身边，有些拘谨，我们聊起实习的事，他便健谈起来。启芳家的孩子有一种沉静感，像一棵根须扎得很深的树，也许是榕树吧，我能想到的只有榕树。2020年寒假，宗文从学校回来后，便作为疫情防控志愿者，一直在协助村两委做新冠肺炎疫情防控工作，那时候，他给我的感觉就是榕树。

宗文就要去中广核集团实习了。前段时间，刘贵礼得知，中广核2020聚核体验营有专门针对凌云县贫困家庭大学生的专属名额，便把这一信息转到后龙村大学生微信群，鼓励大家报名，竞争非常激烈，这可是一个难得的机会。宗文把材料投过去，真的就入选了，我们都非常高兴。

启芳在吃饭，他刚从山上做工回来，见我们坐在阳台上聊天，便端着碗，走过来一起聊。实习期间，宗文将会有2500元的实习工资，要是顺利转正，工资会有5000元以上。这是一个新的开始，宗文就要飞出后龙山了。启芳的高兴是盛不下的，他走来走去，端着碗，似乎不知道做什么好，就一直走来走去。小黑小黄凑过来，在我脚边转悠，我伸手摸它们的头，启芳突然大声说，这只狗要留给于书记。声音大得吓了我一跳。

于洋没跟我们来启芳家，他去了另一家，也许办完事了，这会儿正在坎上跟谁说话。小黑听到他的声音，立马冲出门去，箭一样。小黄愣了一下，也跟着，冲出门外。启芳说，这狗会听普通话呢，只要听到于书记的声音，几多远它都跑去跟。狗喜欢于书记，于书记也喜欢狗。等他回南宁，让他把狗带走。

启芳又问，于书记是不是准备回南宁了？这句话，启芳已经问过好几次了。快过年的时候，他就问过。第一书记的任期一般是两年，算起来，2020年初，于洋的任期就该结束了，可于洋没有走。2020年5月，自治区人民政府正式批准凌云县退出贫困县序列，启芳又问了一次，于洋仍然没走。后来，2020年11月，百色市扶贫开发领导小组正式批准凌云县泗城镇后龙村脱贫摘帽，启芳又问，这次于书记真的要回南宁了吧？我不知道怎么回答。事实上，一直到2021年3月，春节已经过去很久了，于洋仍然没有离开后龙村。我也不知道于洋什么时候回厅里去，我只知道，总有一天，于洋是要离开后龙村的。

这只狗要留给于书记，他喜欢狗。启芳把这句话又重复了一次。启芳的眼睛热热的，我不忍心告诉他，于洋带不走这只狗的。于洋什么都带不走。

春天来了,就要种玉米了　　林军/摄

村民外出做工,常常把孩子放在背篼里　　向志文/摄

背陇瑶少女　向志文/摄

坐到阿娅大腿上撒娇的小女孩　李乃松/摄

火塘旁看书的姐弟俩　向志文/摄

领到新书包　罗南/摄

领到新本子的小女孩　罗宏揉/摄

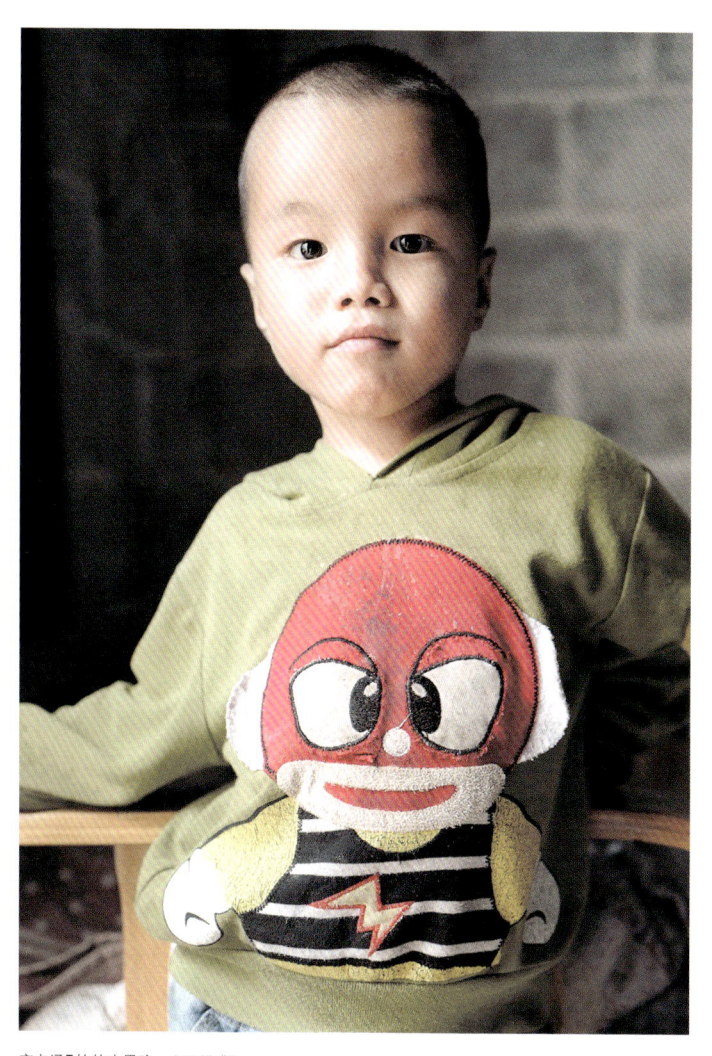

穿卡通T恤的小男孩　李乃松/摄

凌云县图书馆联合县武警中队到后龙村开展献爱心捐赠活动　农建坤/摄

于洋和小学生一起过六一儿童节　申琦/摄

幼儿园里的孩子们 罗南/摄

来县城赶圩的背陇瑶村民　向志文/摄

背陇瑶女孩们　向志文/摄

启 和

| 第七章 |

| 一 |

我是误打误撞进入启和家的,那已是两三年前的事了,时隔太久,我都忆不起那天为着什么事去陇法屯,也许是去找一个人。我跟着路拐了一个弯,便看到一座有着天蓝色铁皮棚的院子,三角梅从铁杆攀上来,铺到棚顶,铺出满棚的紫色。往里走两步,一排盆景立在阳台下,抬头,屋的转角伸出一树灿灿的桃花。贴着淡黄色瓷砖的楼房,大门敞开着,一整墙学生奖状和一张巨大的根雕茶几蓦然落进我眼里。

那时候我刚到后龙村不久,眼里多是灰扑扑的石头和灰扑扑的木瓦房,突然看到满墙的学生奖状和闪着光泽的根雕茶几,便感觉内心被击了一下。后来我去到后龙村很多个屯,走访了很多户,这样满满一墙学生奖状又遇见过几次,只是有着根雕茶几和盆景的人家,仍然只有这一户。

屋里没人，喊了几声仍没人，我便走进去，仰头看那墙奖状。启和从外边走进来，无声地站在我身旁，同样仰头看奖状，瘦条条的个子，笑盈盈的，眼睛里装着探询。他以为我是特地来找他的。我说我是后龙村的帮扶干部，我走岔了。他便笑起来，眼神松弛，似乎误入他家的是一个熟识很久的人。

话题便也是松弛的，从那墙奖状随意流淌下来，流进久远的过去，流出后龙山之外，流到他身上，流到我身上。我喜欢这样的随意，一切轻盈得让人愉悦，在后龙村，抬眼可见的沉重太多，让人的心总是沉甸甸的。

启和说，茶几是他从山上挖枯掉的大树根，扛回来自己做的；屋外盆景里的树，也是他从山上找回来种上的，有两棵是火榔木，种了好些年了，有人给到1万元，他仍舍不得卖。没人教过他怎么做根雕和盆景，他只是站在一旁看别人做，回来自己琢磨，便也做出来了。启和笑起来的感觉是轻的，像玻璃器皿，小心轻放，又像是很钝的东西，因为太耐摔打，可以随意乱放，便也是轻的。那是走过很多地方，见过很多人，经历过很多事后才会沉淀出来的笑容。

那段时间，村里到处是热火火的建设场景，走哪儿都能看到有人在修路，建水柜，建房子。进屯的路，过去只是山道，曲折狭窄，只容得下人的双脚行走，或骑着摩托车，蚕豆一样蹦跳着前进，如今却要通四个轮的车了。路是从石头里炸出来的，敲敲砸砸，许多碎石头掉下来，路便宽敞地伸出来，铺进屯里去。一地的碎石头，留在路上，只是无用而又碍事的垃圾，拉到别处却是值钱的料石，启和便一边修路，一边用拖拉机把料石拉出去卖。

阳光落下来，掉进启和眼里，掉进我眼里，我们半眯起眼睛。屋旁那座山显得更巍峨了，我们的眼睛翻不过那道山梁，看不到更远的地方，视线撞到山体，折回来，落到屋前，落到我们脚下，我们听到彼此的声音，很近很近地响在身旁。7岁那年，启和在县司法局工作的阿卜突然没了，一家的天塌了下来。回想起来，阿迈那时候也不过30岁吧，启和已想不起她年轻时的模样。启和也想不起那些悲伤，所有的悲伤都是阿迈一个人的，他和弟弟妹妹年纪太小，甚至都不很明白这个家遭遇了变故。阿卜在县城工作，一个周只回来一次，如果他长久不回家，孩子们也会以为，那不过是他出了一趟远门。阿迈仍每天从早忙到晚，家里的事从来就是那么多，阿卜在或不在，阿迈总没有闲的时候。启和仍每天在上学放学的路上砍柴，打猪菜，割牛草。如果不是陇法屯的人在与阿迈聊天时，久不久就会叹一下气，然后阿迈也跟着叹气，启和会以为，日子还是原来的日子。读完小学五年级，启和就辍学回来了，12岁的少年，是看得懂苦难的，他要回来帮阿迈干活。

阳光很暖，启和的笑容也很暖，从他嘴里流出来的苦难，经过那么多年，便也是轻盈的，我们都没感觉到忧伤。一排盆景就在我们的眼前，那两棵火榔木在春天里，抽出小小的芽，我们的话题很快转到它们身上。那天之后很久，我都在想启和的 7 岁，那一年，他的日子从天上掉下来，一直落到尘埃里，多年之后，那个失去阿卜的 7 岁小男孩，是如何从尘埃里，长出一脸温暖的笑容来的。

| 二 |

我常想到的，是启和的 7 岁，而启和常想到的，是自己的 12 岁。7 岁的苦是阿迈的苦，12 岁的苦才是他的苦。离开学校，学校从此就远了，启和的日子便只剩下放羊、喂牛、种地、砍柴，他光着脚板，像一辈辈后龙村人一样，攀爬在山壁上讨生活。刚刚开始的时候，启和还想学校，想老师惋惜的眼神，后来就渐渐忘了。一个人总会忘记很多事的，有些是故意忘掉的，有些是不小心忘掉的。

去陇署屯砍柴时，启和看到玛襟，坐在屋前编鸟笼。一条条细长的竹篾，温顺地跟着她的指尖，绕进绕出。阿卜还在时，家里屋檐下也挂有一排鸟笼，阿迈会吩咐启和拿火麻喂鸟，火麻喂的画眉鸟特别爱叫。阿卜不在后，画眉鸟没人顾得上了，阿迈甚至都没再看它们一眼。有一天，一长排画眉鸟突然不见了，屋檐下空荡荡的，起初很不习惯，总感觉少了什么，看久了，也就习惯了，如果不是看到玛襟在编鸟笼，启和都忘了，家里屋檐下，曾经有过一长排画眉鸟。

玛襟双手不停，头也没抬，笑眯眯地问，你是哪家娃娃呀？后龙村的人，玛襟都认识的，只是这些小孩子，一天长一个样，只一两年不见，就认不出来了。启和不答，那个时候，他是一个不爱说话的少年。他无声地站在一旁，看玛襟编，站累了，就蹲下来，继续看。

你喜欢编鸟笼？

启和点点头。

你们家养有很多鸟？

启和摇摇头。

那你喜欢编鸟笼有哪样用哟？玛襟说着自顾自地笑起来。启和也不知道他为什么喜欢看玛襟编鸟笼，也许只是因为阿卜还在时，屋檐下那一长排鸟笼吧。

后来，玛襟就不再问启和是哪家娃娃了，后龙村的事长有脚呢，它们悄无声息地跟在后龙村人的身后，只要有人走过，沿途就会长出一地的故事来。启和刚转身离开，他的故事就长出来了，玛襟也就知道他是谁家的娃娃了。玛襟的儿子然鲁和启和父亲同一年出去当兵,回来后,又一起在县城工作。启和家的事,她当然知道。

当启和又蹲在玛襟身旁,看她编鸟笼时,玛襟便叹气了,说,你阿卜那么早丢下你们,真是遭殃你们这些小娃娃了。启和仍然没说话,这些年,他听过太多人的叹气了,后龙村几乎每一个年长的女人见到阿迈,或是他们兄弟三人,都会叹气。

那时候,玛襟家屋后还长得有一大片白竹,风吹过,白竹哗哗哗地响,像下着一场急雨。玛襟坐在屋旁破竹子,她叫启和帮着把削好的竹篾搬进屋里,放进大铁锅煮。玛襟说,煮过的竹篾才柔软,编的时候才听人的话。启和便把竹篾抱进屋,放到大铁锅里煮。后来,玛襟又叫启和帮砍竹子,破竹子,她笑眯眯地说,阿娅老啦,砍不动抱不动啦,你小娃娃来帮下忙。玛襟编鸟笼时,也会叫启和,说,娃娃,你来帮阿娅编几步,阿娅手累了,编不动。有一天,启和独自一人,编出一只完整的鸟笼来,玛襟提起鸟笼,上上下下仔细看,惊奇地说,嗬嗬,你这小娃娃原来也会编鸟笼呀,啧啧,编得比阿娅的还好看。她认真的模样,像是看到了一个奇异的孩子。那种鸟笼,整个后龙村,只有两个人会编。

编鸟笼是闲活,只能用空闲的时间编。下雨的时候,启和坐在门前,一边削竹篾,一边放羊。羊就在屋旁的山上吃草，启和久不久抬头看它们一眼，羊在山壁上跳来跳去，启和的双眼也在山壁上跳来跳去。家里仍然没养鸟，那些空鸟笼就挂在屋檐下，阿迈走过，什么也没说，启和不知道她会不会看它们一眼。启和从没想过，这些鸟笼还可以拿去换钱，有人告诉他，县城也有鸟笼卖，启和去赶圩时，便提着一只鸟笼下山，那个圩日，他挣了20元。

编鸟笼仍然是闲活，就像捉画眉鸟或猎马蜂一样，千百年前就长进背陇瑶人的心里，可生活日常里，实诚的背陇瑶人，是不会拿正经时间去做这些事的。生活的重心仍然是放羊、喂牛、种地、砍柴。七天一次圩，启和的闲暇时间，便也只够编两只鸟笼，下山赶圩时，也许很快就卖掉了，也许一只也卖不掉，傍晚散圩时仍得提回山上来。圩场来来往往的人，几乎全都认得那个卖鸟笼的少年。

日子仍然是原来的日子，只是有些东西已经不一样了。启和蹲在市场一角，看着来往行人，盼着他们走过来，又害怕他们走过来。启和不能开口说话，因为心跳得太厉害，脸也烧得太厉害。一个圩一个圩地赶下去，启和就能开口了，原先堵塞在嗓子里的话，很顺畅地流出来，一切自然得像秋天里成熟了就要收回家的庄稼。他告诉那些犹豫不决的人，这种鸟笼，全后龙村，原来只有两个人会编，现在加上他，就只有三个人会编了。世界就是这样被打开的，从启和的眼睛里,从启和的心里,从启和的嘴里。每赶一次圩,每卖掉一个鸟笼,启和的世界就被打开一次。

三

宗富收到广西警察学院录取通知书那天,我和于洋又往启和家去,几个月前,我们刚劝返了99个辍学生,不,加上小蛮,我们整整劝返了100个辍学生,因此宗富考上大学,我们都非常激动。

启和提着茶壶,给我们倒茶水,好心情从眼睛眉毛里溢出来,一屋子便全都是好心情。宗富是启和的第二个儿子,大儿子宗海只读到中专,就去广东打工了,启和一直觉得遗憾。

于洋坐在根雕茶几旁和宗富聊天,告诉他去到大学后应该怎样学习,大学和高中已经不一样了,学习方式也会不一样。宗富常去村部打篮球,两人已经很熟悉了,因此谈得非常投机。我插不进话,只好在屋子里走来走去,抬眼间,便看到门板上密密麻麻的字。启和的眼睛跟过来,立马变得羞涩起来,笑说,那些是写给娃娃们看的。我凑近了看,很多励志的句子,滚烫直白,像鞭子,就等着抽打那些读书懒怠的人。"穷不读书穷根难除,富不读书富不长久"这句标语,很多年前，我们曾经用石灰浆，粗犷地刷到墙上，没想到，启和把它写到家里来了。

启和算是后龙村第一批外出务工的人。25岁那年，他邀了几个堂兄弟，下山帮人砌墙、铲草。那些全是力气活，几乎每一个后龙村人都会干。砌墙一天20元，铲草一天12元，多少年后，启和仍能清晰记得这些价钱。在后龙村，力气也许就只是力气，野草一样，默默长出来，又默默枯萎掉，走出后龙村，力气就能变成钱了。几个后龙村人，从县外到市外，越走越远。

后龙村人的心，石头一样坚实，干活的时候，便也舍得将浑身的力气，使得跟石头一样坚实。这些特质，跟着风，传进越来越多山外人的耳朵里，有一天，有老板找到启和，让他帮带几个人，去建筑工地挖基脚，砌墙，启和便也当上了小工头。

启和把自家的木瓦房拆掉，建起楼房时，大儿子宗海已经12岁了，村里有许多辍学的孩子，整天无所事事地游荡在县城街头，启和看到他们染着红的绿的头发，跨骑在摩托车上，将引擎声弄得震天响，心便紧了一下，似乎看到宗海也在那堆孩子里。

12岁，正是启和辍学的年纪，当年他从学校回来，老师们一再挽留，却怎么也留不住，阿迈一个人干活，启和心里难受。宗海倒没流露过辍学的念头，可也从不与启和聊学校的事，那些年，启和大多在外头奔走，与孩子的交流少，转回身一看，宗海的个头都快有他肩膀高了。少年的眼睛里有沟壑，一个眼神，就能将启和推到千山万水之外去，心里想要说的话便被封堵住，吐不出来。其实，启和很想跟宗海说说学习上的事，说说这些年里，他吃过的亏。一个人走得越远，见得越多，就越能体会到肚子里有墨水的重要。

村里的人都以为，启和走出去，就再也不回后龙村来了，只有启和知道，他是走不出后龙村的，他上的学太少，文化不够用。老板让他带工，他能带，老板让他管理，他却做不了，那些需要墨水的事，他连看都看不懂。他带着后龙村人，在很多个工地扎下来，依靠的仍然是那些从身体里长出来的力气，和石头一样坚实的内心。可力气总会用完的，等到有一天，身体像朽掉的老木，再也长不出力气来，就什么用处都没有了。

"有力量的人、有学问的人就是主人，所有其余的人都是客人。——高尔基"，启和在儿子的房门上写下这些。他记不起是从哪里看到的了，他脑子里还有很多格言警句，有些是很多年前从宣传栏里看到的，有些是从废纸堆里看到的，以为都忘记了，却在他想要跟儿子谈论学习时，纷纷跳出来。启和将它们写到房门上，他相信，儿子看到这些字，就会明白他的心。

2016年春天,驻村工作队扎进村里来,很多路要开挖了,很多地头水柜要砌起来了,很多木瓦房要拆掉重建了,这些都需要炸开很多很多石头。启和买了一台摩托钻,回到后龙村来,给村里放石炮。——当年离开是因为石头太多,没有路走,现在回来也是因为石头太多,没有路走,世间的事谁能说得清呢,有些时候,机缘一到,石头也会变成金子。

启和开动摩托钻,钻头飞快旋转,将山壁钻出一个深洞眼,仔细填好炸药后,启和站在山上喊,放石炮啦——另一个人站在山腰喊,放石炮啦——山脚下,还有两个人站在路的两头喊,放石炮啦——这些声音一波一波传开,附近的人听见了,便都躲起来。启和点燃火绳,飞快地闪进事先找好的避身处,时间一秒一秒过去,等得一声巨响,启和的心才会落下来。放石炮的人都害怕遇上哑炮,很多人等不到那声巨响,走过去查看时,哑炮却偏偏响了,去查看的人被炸得粉身碎骨。放石炮是一门技术活,需要胆大心细,还需要精准把握尺寸——洞眼钻深了,钻浅了,炸药放多了,放少了,都不行。

山体炸开,掉下很多大石头,还有一些大石头,只裂开一道缝,仍颤巍巍地挂在山体上,后龙村的人还得用钢钎将它们掀落下地,再抡起16斤的大锤,一点一点慢慢砸开那些大石头。从路口开下来几十米,启和就买了一辆拖拉机,把料石拉出去卖。

我们常在村里遇到启和,扛着摩托钻,从一个工地赶往另一个工地,厚沉沉的石头粉末挂在他身上,他一边走,粉末一边掉,整个人便一路纷纷扬扬的。见到我们,启和总会停下来,聊上几句,声音温和,笑容温和,沉重的摩托钻从肩上卸下来,立在地上,他伸出一只手撑着,很悠闲的样子。我们从来没有想过,这个扛着摩托钻、四处炸石头的中年人,还藏得有一片秘境,而我们去了他家多少次都没发现。

于洋的眼睛又热起来了。那一天里,于洋的眼睛一直是热的。不知怎的,我总觉得,那些灼热的格言警句、口号标语,更像是写给启和自己——那个12岁辍学的少年。

| 四 |

越往后走,脱贫攻坚的脚步越重,到了2019年,全县57个贫困村还有8个尚未摘帽,凌云县扶贫开发领导小组决定,对这8个村实行挂牌督战。

剩在最后的事,都是最难啃的事,预脱贫户、边缘户、脱贫监测户,各种台账资料的档案归集、分类和管理,义务教育保障、基本医疗保障、住房安全保障、饮水安全保障,一切都是繁杂的，一切也都是沉重的。春天到来的时候，后龙村驻村工作队又多了两个人，农建坤和石浩宇先后被县法院、自治区财政厅选派来，增援村里，两个90后小伙子的加入，让大家都缓了一口气。

后龙村的人下山赶圩，便也把积攒了一圩的事，拿到村部来了。下午快散圩时，原以为圩日的繁忙就要过去了，一个男人突然冲进村部，急咧咧地问，于书记呢？于书记在不在？于洋抬起头，那男人立刻朝他奔去，大声说，我老婆不见了，于书记快帮我找找。男人的母亲站在门口，探进来一张脸，也不进门，只远远地看过来。

于洋说，先别急，说说是怎么回事。

男人说，他去买东西，叫妻在原地等，回来后却找不到她了，打电话关机，找遍圩场也寻不着人。于洋说，你们是不是吵架了？男人说，没吵呢，两人的关系一直好着。

村干们看过来，眼睛里淡淡的，他们见多了，一听就猜是两口子吵架。这种事村里多了去了，能管得过来吗？于洋当然读得懂他们的眼神，只是他的顾虑更多一些，现在村里用智能手机的人越来越多，大家都在用QQ，用微信，不管识不识字，后龙村的男人女人几乎都会玩抖音，玩快手。网络便捷，可也芜杂，真真假假的信息多，真真假假的人也多，于洋还真担心那个妇女被人拐了去。

男人情绪激动地不停诉说,门口探头的母亲,愁苦着脸,母子俩全都眼巴巴地盯着于洋。终究放心不下,于洋停下手中的活儿,跨上摩托车,跟着他们一起下县城。

到了派出所,民警调出监控,慢慢查找,能确定的是,那女子并没有离开凌云县。再次问那男人,是不是夫妻俩吵架了?男人支吾起来,先是坚持说没吵架,后来又承认吵架了。他讪讪地说,因为害怕老婆跑了,再也不肯回来,所以才撒谎让于洋帮忙找的。后龙村已经跑掉好几个女人了。他觉得,要是于洋出面帮忙找,老婆肯定愿意回来。于洋很疲惫,也很无奈,很多时候,一些原本很简单的事情,被村民一折腾,倒变得复杂起来了。男人的眼睛仍巴巴地看过来,于洋便又心软起来,那些责备的话,怎么也说不出口,想着他们来找他,也是因为信任他,便说,您发个短信给人家嘛,主动认错,也许人家生气回娘家了呢。过了几天,那男人打来电话,喜滋滋地说,于书记,老婆找到啦,她真的在娘家呢。

话筒里的声音很大,村干们听到了,全都笑起来,说于洋一个后生仔,自己都没怎么谈过恋爱,还去帮别人找老婆。于洋便也笑,说,他俩没事就好。

谢茂东又开始语重心长了,叫于洋不要操那么多心,腾出时间,赶紧找女朋友去。大家又都笑起来。刘贵礼、农建坤、石浩宇连忙低下头,装着忙不过来的样子,到底还是躲不开谢茂东,他的声音跨过几张桌子,砸进他们耳朵里——还有你们三个,都赶紧腾时间找女朋友去。后龙村四个驻村小伙子,全都没对象,这简直成了谢茂东的心病。这几个年轻人远山远水地来到后龙村,谢茂东觉得自己年长于他们,他们父母不在身旁,他就有责任和义务,关心他们,提醒他们重视自己的终身大事。

这些话,谢茂东已经说过无数次了,我们都笑他像一个唠唠叨叨的老母亲。谢茂东不笑,一脸认真地说,怎么能不急呢,他们父母肯定更着急,在村里,像他们这个年纪的人,早就抱娃娃了。我说,现在的年轻人哪里还和老辈人一样呀,他们有自己的想法。谢茂东说,有哪样想法哟,一天24小时泡在村里,莫说谈恋爱,就连认识女娃娃都难。

村里的事实在太琐碎了,于洋每天忙得停不下来,有时候刚端起饭碗,就有事找上门来,那顿饭便也吃得匆忙潦草。半夜里,后龙村的人喝醉了,突然想起白天里想不通或气不过的事,也会把电话打过来,驻村工作队员的照片和电话号码就在每家每户门旁挂着,他们能随时拨打电话。

问题是多样的,有时候是低保,有时候是住房补助,还有一些有影儿没影儿的事,都跟着醉意灌进话筒里来了。于洋听着,解释着,宿舍办公桌上的电脑里是还没写完的材料,白天的时间大多用来处理事务，材料便也只能堆积到晚上。

仍然得走村入户，村里每天都在变化着，我们的双脚需得走下去，才能看清那些变化的真实模样。阳光很烈，五月之后，老天爷不是下猛烈的雨，就是出猛烈的太阳。因为要去的屯多，我们便分为几队，三两个人一起走。于洋已经连续熬夜加了几个晚上的班，谢茂东说，今天你就别去了，这几天你太累了，我不放心。于洋笑着说，没事的，我年轻，扛得住。谢茂东看了他一眼，没再说话，我也看了他一眼，于洋笑出两只深酒窝，那些疲惫就被完好地掩藏起来，像是一点事儿也没有，便也没说话。那段时间，事情特别多，村里的，县里的，市里区里的，还有各种督查，各种核验，每个人的工作任务都很重。

走了一天的户，回来的路上，我们边走边谈论村里的事，于洋突然说，支书，您快拉我的手，我眼睛看不见了。我们还没反应过来，他的身子就软下去，蹲在地上。只一瞬间，他脸上的血色全都不见了，白得像纸。我们全被吓住了。谢茂东抓住他的手，摸了摸他的额头，说，于书记应该是中暑了。迅速扶起于洋，把他带到树荫下，拿水给他喝。谢茂东的镇定，让我慌乱不安的心渐渐平息下来。那天是圩日，山道不时有赶圩归来的人，他们走过来问，于书记怎么啦？谢茂东说，他太累，中暑了。看见一个妇女的袋子里有梨子，便跟她要了一个，拿给于洋补充糖分。于洋咬了几口，在大石头上坐了很久，血色才又慢慢回到脸上。我看着于洋黑发里的白发，想起两年前那个有着腼腆笑容的朝气男孩，不禁有些难过。

这一年，在最繁忙的时候，村里的团支书辞职了，他在城里开有一个装修店，忙不过来，便辞去了村干职务。于洋又焦虑起来。谢茂东说，启和的大儿子宗海最近回来了，就在县城学开车，我们找他来协助村里做些事吧。

| 五 |

后龙村的牛心李终于成熟了，尽管每棵树只零星结了几个果，仍让人欣喜不已。启和说，果树第一年挂果，产量都是少的，之后就会越结越多。启和站在树下，脖子下挂着布口袋，他踮起脚，长长地伸出手，摘了一颗，又摘了一颗。朝着阳光的果亮得晃眼，启和便专挑亮的果摘，日照充足的果是最好吃的果。

我站在一旁，仰着头看，一不小心就笑出孩子的神情来，扭头看于洋，他也笑出孩子的神情来。后龙村的牛心李树，是2016年春天种下的，为了发展后龙村庭院经济，县里将牛心李苗往村里拉，人们将一捆捆果苗背回家，种到房前屋后，坎边路旁，光秃着身子的果苗立在风中，竟感觉它们在瑟瑟发抖。那时候总以为等待太遥远，后龙村瘦薄的土怕也养不活这些柔弱的苗，不承想，果实到底还是挂上枝头了。

启和把果倒进篮子里，搁在根雕茶几上，我抓起一个，咬一口，熟悉的蜜香味，很纯粹的金黄色果肉。启和笑说，这果正宗哟。凌云牛心李总会有太多形似的果混入，让人傻傻地辨不出真假，有经验的凌云人咬一口就能识出味来。

宗海见到我，有些腼腆，眉眼里全是启和的影子，他被推选为村团支书已经几个月了，我还是第一次见到他。启和的眼睛看向宗海，那里面全是柔软，25岁的宗海，比起当年25岁的启和稚嫩多了。那当然是不一样的，启和12岁就帮着阿迈支撑起一个家了，宗海25岁仍然是个孩子，他在广东打工，能把钱用得一分不剩，因为回家之后，他还有个阿卜可以依赖。当了村干后，启和就发现宗海长大了，他的眼睛开始沉静下来，那里面有很多人的遭遇。一个人长大就是这样的，会看得见自己，还会看得见别人。

宗海是启和说服回来的，广东打工虽然工资比村干高，可做村干离家近，最主要的，是让人看到上升的空间，有机会成为村定工干部，或是考上公务员——现在国家出台有专门面向村干部的公务员招考。全县的村（社区）干部也已经实行职业化管理，村干的工资有了相应提高，农村基层党组织"星级化"评定、"乡村振兴争创五旗",各种激励机制相继出台,让人感觉到村干这个群体,还有着蓬勃生长的希望。

启和见识过驻村工作队和村两委的拼劲及韧劲,那些年纪和宗海相仿的驻村工作队队员,有着高学历,有着开阔的工作思路,遇到问题千绕万绕,也一定要绕出个结果来。特别是于洋,就连说话的方式,都让人感觉到差距。

启和听人说过,谢茂东刚开始学电脑时,把各种功能键的用途写在纸条上,贴到电脑旁,一点一点,笨拙地对着纸条敲打。石顺良索性买了一台电脑,放在家里,一有空就练习,如今,他们都已能娴熟地使用电脑办公,在过了40岁之后,两人还坚持完成函授学习,取得了大专学历。

似乎每个人都在奔跑,像一棵树,朝着光的方向奋力攀爬,启和喜欢这样的群体,一个朝气蓬勃的团队是会迸发出巨大力量来的,和他们在一起,宗海肯定会受到影响,能学到很多有用的东西。启和也担心宗海跟不上,他学历不高,读的书不多,经历的事也太少,几乎没吃过什么苦。于洋说,宗海能行的,我们慢慢带他,他还年轻呢。年轻就有无限的可能,宗海也可以像树,朝着光的方向攀爬。于洋让农建坤和石浩宇带宗海,教他制表格,做材料,两个年轻人学的都是计算机专业,在各自单位里,又都是骨干,他们能教给宗海很专业的东西。

村里的人几乎都认识宗海，不认识的只需说一句，这是启和家的大儿子，对方的眼神便暖了。那样的瞬间，宗海会感觉难为情，内心的某一个地方，却没来由地柔软起来。

60岁以上的老人，需要进行养老保险识别生存认证，驻村工作队和村两委分组入户，宗海跟着谢茂东，一家一家走，一个老人一组身份证号码，都得仔细输进手机软件里，然后让他们对着镜头，眨眼睛，张合嘴巴，或是摇头。

宗海把手机举到老人面前，他们莫名紧张起来，一个劲儿傻笑，等他们记得眨眼、张嘴或摇头时，已慢了系统半拍，识别失败，只得从头再来一遍。谢茂东总有着很好的耐心，他用背陇瑶话，一遍遍提示，直到老人的节奏跟得上系统的节奏。事情琐碎，可双脚仍得不停地走，一个老人一个老人慢慢访下去。

没做村干时，宗海从没留意过那么多人，那么多事，就像后龙村遍地的石头，它们立在那里，立得地老天荒，后龙村的人从来不会感觉到突兀。陇设屯那个男人，失去双眼已经很多年了，他整天窝在家里，极少出门，吃饭的时候，就摸索去大嫂家，或是大嫂端饭来给他吃，两家人挨在一起，两座木瓦房。后来，大嫂家起了砖混平房，便只剩下他的木瓦房，还孤零零地立在石头上。屋基很高，垒起的石头把木瓦房高高托起，木栏杆临着崖，那么多年了，风吹来，雨淋来，想必那些木头内心里早就朽掉了，只空立个外壳骗人的眼，那个失去双眼的人住在木瓦房里，总让人的心悬起来，落不下去。

听年长的人说，20来岁时，那人眼睛痛，他阿卜自己上山扯草药给他医，没医好，双眼便看不见了。那时候他都准备娶妻了，眼睛瞎了后，妻没娶成，日子便一直朝着黑暗去。阿卜去世了，阿迈的腰也弯成一张弓，耳朵聋得厉害，再也听不见任何人的声音。几十年里，很多人离世了，很多人降生了，后龙村通路通水通电了，只是这一切，都像是跟他没有丝毫关系，他愈来愈沉默，整个屋子一点儿声音都没有。于洋站在门前喊他，他不应，大嫂站在门前喊他，他也不应。大嫂推开门，领着大家，径直走进他房间里，陈年尘埃层层堆积，白色的蚊帐已变成黄褐色，厚沉沉地放下来，他蜷在棉被里，一声不吭。过去的事，在别人那里，都已经过去了，除了他自己，再也没有人记得他曾经有过明亮的双眼，曾经有过一个女孩子，差一点点就成为他的妻子。

村里动员他申请危房改造补助，把木瓦房推倒，像哥嫂一样，建一座砖混平房，他不愿意。他眼睛还看得见时，就住在木瓦房里，屋里的一切，都是他熟悉的，起了新房子，他害怕找不到方向。于洋说，这不行，这木房子年代太久了，不安全。和谢茂东又去劝了几次。于洋告诉他，新房里的格局，将会按照木瓦房的格局建，他会感觉和原来一样方便。建新房时，挨近大嫂家的那堵墙还会留一个门，方便大嫂过来照顾他。那男人想了想，才同意建房子。其实那时候，申请危房改造补助的期限已经过了，再建新房，也不会再有补助。宗海不知道，于洋后来是怎么解决建房经费的，他只看到，新房子按照于洋的设计，真的建起来了。于洋身上有一股劲，像柔韧的牛奶奶藤，后龙村的人上山砍柴时，都喜欢找牛奶奶藤捆绑，那样会绑得特别紧实，让人放心。

灰扑扑的木瓦房不见了，立起来的，是新崭崭的砖混平房，每次打那儿走过，总会让人不自觉地看上一眼，内心里无端端地，就会喜悦起来。还没做村干时，每修成一条路，每建成一个水柜，每建成一座房子，每劝返一个辍学生，宗海都会看到驻村工作队员和村干们快乐的样子。做了一段时间的村干后，他也能体会到那种快乐了。

| 六 |

闲暇时，启和喜欢到山上逛，也没什么事，纯粹就是想山了，这双脚爬多了山便会不时想念山，硬拽着启和往山上走，启和就顺便去看看有没有长相奇特的小树，或长相奇特的枯树蔸。

这些年，砍柴的人少，树木又长起来了，后龙村的年轻人不怎么恋山，他们更爱骑着摩托车，飞法法地上上下下，山便空旷起来，极少见着人影。树神住在陇设屯，人们不敢砍那里的树，便还剩有一小片森林，气定神闲地长，几人合抱粗的大树被县林业局挂上牌，标明它们的学名、树龄。一棵树长了几百年上千年是要成精的，可树神却只能有一个，后龙村的人给它挂上红布，贴上红纸，敬上香火，人们走过的时候，便得小心翼翼地屏住呼吸，就算隔得再远，也不能朝着它的方向拉屎拉尿，做龌龊的事。其他屯的树，大多是低矮的灌木丛，树从石头缝里长出来，精精瘦瘦的，根须攀着岩石，爬出千奇百怪的样子，一壁的根须倒长得比树冠壮硕。最好看的树应该是榕树了吧，可拿它来做盆景几乎是无用的，也许是太常见了，没人稀罕。

启和在山上逛了一圈，没见到中意的树，倒是见着山豆根了，这东西以前常见，放羊的时候随眼就能看到，有时候长憨了，还会长到人的屋旁来。后来被人发现，这是值钱的中草药，后龙村人把它们连根挖出来，一捆捆背到山下卖。全村男人女人，大人小孩，漫山遍野地挖，挖得再也寻不到它们的踪影。那么多年不见，蓦然又遇上，启和便兴奋起来，挖了几株，拿回家种。

我和于洋走进院子时，启和正把山豆根往盆里栽，对称的小叶子，一长排一长排地趴出盆沿。于洋问，启和大哥，您在种什么呢？我和于洋都没见过山豆根。

山豆根呀。启和扭头看我们，似乎惊讶居然还有人不认识山豆根。

种来做盆景吗？我问。

这是中草药呢，我刚从山上挖来的，一斤现在能卖到38块钱了。

于洋的眼睛瞬间亮起来，我们便坐下来聊山豆根。其实是于洋想聊山豆根，我知道他在想什么，他被那价钱震住了。

山豆根以前常见，现在可不好找，一般人是找不到的，要懂得看山，还要爬山厉害才行。启和说着，有些小得意。

我和于洋不由得抬起头，看向面前的山，那山高得快要接到天上去了，便想象，山豆根应该长在这样的山里。启和说，这座山没有山豆根呢，并不是每座山都有。长有山豆根的山，树一般不会太大，草不会太盛，它们喜欢长在有陈年落叶的腐殖土里。山豆根攀着树，长有一人来高，根须伸进地底，有两三米长，一棵的根就能有十来斤重，不过，得让它们慢慢地长，几年，十几年，几十年，时间越长，根就越长。

这土也能种吗？于洋问。

应该可以的，我就想种来试试，看能不能长起来。启和说着，笑起来，神情笃定，他当然不会忘记，很多年前，山豆根探头探脑，长到他家屋旁来的样子。

此后的走访中，于洋总有意无意地跟大家聊山豆根，后龙村的人都了解山豆根，他们谈论山豆根的时候，像在谈论一个老朋友，这让于洋的眼睛又亮起来。

启和的山豆根真的长起来了，一个多月后，我们再去看时，它们已经绿茵茵的，似乎要在启和家，天长地久地长下去。于洋将这情况汇报给镇里县里，他想在后龙村种上一片山豆根，发展中草药种植产业。政府便又把山豆根苗拉到后龙村来，人们把山豆根一捆捆地背回家去种。启和也种了三亩，就种在牛心李树和枇杷树下。

山豆根长得很慢，后龙村的人也许三年五年也收不到它的根，只是大家都很淡定，山豆根需要时间，它本来就是从时光里生长出来的东西。

九　银

| 第八章 |

| 一 |

九银究竟有多少只羊,没有人说得清,九银自己也说不清。羊圈的门敞开着,天亮时羊自己上山去,天黑时羊自己下山来。隔上三天五天,九银爬回陇茂屯,石头槽里的水已经浅得只剩一指两指了,便拿瓢舀水,把它们添满。晚上羊回来,走到石头槽前,把水吸得嗞嗞响,九银从左边数过来,从右边数过来,每一次都数出不一样的数字。

后龙村的人说,九银的羊成精了,有些到了山上,就不回来了,等它们再回来时,身后也许还跟着几只小羊,那是它们流浪在山头时生下的崽。大羊生小羊,小羊长大,再生小羊,九银的羊就能一直吃到他老去,到时候,那些羊就彻底变成野羊了,除了九银,没有人能捉到它们。

陇茂屯的人都搬下山去了。其实整个屯就两户,九银家和卜木家。卜木一家搬下山后，就再也没有回来过，他们住在城里，几个孩子都在城里上学，也许他们再也不会回来了。

没有人，山便是空的，九银坐在石头上，看着空荡荡的寨子，总觉得少了什么。再次上山时，就带了几包菜种，往自家菜地撒一把，往卜木家菜地撒一把，几场雨后，菜长出来了，薄薄的绿色，陇茂屯终于有了一丝人气。

卜木家关着门，竹门的绳子上插着一截木棍，九银抽出木棍，打开门，走进去，屋子里干干净净的，锅碗瓢盆，全都倒扣着，放在木架子上，桌子凳子，也都摆得整整齐齐。九银看着，眼睛就热了起来，有女人的家就是不一样呀，看哪儿都舒服。石缸里的水是满的，两个50斤装的塑料壶也灌满水，就靠在石缸旁，九银用脚踢了一下，水在壶里微微晃动，闷沉沉的。三年前，卜木的妻子央瓦把水一壶壶背回来，把水缸装满了，把塑料壶装满了，一家人才搬下山去，那时候，他们家是打算还回来的。

陇茂屯几乎年年背水，下到县城背，下到水陆村背，泗水河穿城而过，从县城流到水陆村，流到更遥远的地方。站在陇茂屯山顶，河就在眼底，可爬下山，却需要经过很多个山头，攀过很多道岩壁。水太金贵了，陇茂屯的人平时都会储存水，水缸、水桶、水壶，所有能装水的都装满了，才觉得心是安的。卜木一家搬走后，陇茂屯只剩下九银一个人，水塘里的水吃不完，羊喝的水倒是不缺了。

九银搬下山时，什么也没拿，他只是把所有的石头槽加满水，把羊放到山上去，就空着手下山了。后龙村除了他，再没人养羊，他把羊藏在山里，便也把另一个自己藏在山里。这些事他不会告诉石顺良的。这些事他谁也不告诉，他们都只会劝他把羊卖掉。政府起的房子，里面什么都有，锅碗瓢盆、衣柜、床、床单棉被，日常生活用到的，村里都帮他买好了，就等他搬下山去。

他不想搬，石顺良一天打七八个电话，还爬上陇茂屯，劝他老半天。石顺良找了很多天才找到他的，山上没信号，他又没一个固定的落脚处，有时候进山找山货，有时候去别的屯找人喝酒，或是下山赶圩，找到他并不容易。石顺良说，你都60多岁了，等你哪天爬不动陇茂这座山，你往哪里去？你病了痛了哪个扛你下医院？他抬头看羊，它们跳上山崖，钻进石头草木间，看不到踪影了。他也想过那一天的，想过很多次了，等他真的爬不动，就死在陇茂屯好了，人都有那一天的。他说，不去不去，我还要看我的羊。石顺良说，把羊全卖了，下山去。他说，不去不去，山下的玉米没有山上好，菜也没有山上好。他从屋里拿出两棒白玉米，那是他种的老品种玉米，棒小，颗粒也稀疏，他觉得，老品种玉米才是真正的玉米，吃起来有玉米味。石顺良说，山下哪样都有。

他还是说不去。他有一百个理由不去，石顺良就有一百个理由劝他去。他听不耐烦了，就说，好嘛好嘛，去就去嘛。当然那只是说说，他仍然没搬。

那天之后，石顺良又找了他很多天，有人在圩场看到他，打电话告诉石顺良，石顺良骑着摩托车，从村部赶到县城来，我就在县城里，便也赶了过去。打给九银很多个电话，他都接了，只是不说话，我们听见市场的声音，从话筒里传出来，很嘈杂很热闹，要是我们不挂掉电话，那些热闹便一直在话筒里沸腾着。石顺良说，这人肯定又醉得接不成电话了，我们去圩场找，碰碰运气。圩场大，我们专挑米粉店找，一家一家找过去，果然找到了。——背陇瑶人大多喜欢吃壮族人蒸的米粉，绵扯扯的，特别耐嚼。九银在喝酒，就着一碗米粉，也不过是早上九十点，他已有微微醉意，双颊酡红，看向我们的眼神迷离蒙眬。他笑眯眯地说，妹啊，你们来啦。声音软绵，像铺着一地棉花。

石顺良不由分说，把他拉上摩托车，带到村部旁，让他去看政府起的房子，他一眼就喜欢上了。卫生间、厨房、卧室，一房一厅一厨一卫，全都干干净净整整齐齐的，像是一个有女人操持的家，那一眼，他想到了卜木家的房子。卜木一家住到城里去了，就在城南一带，一个叫幸福家园的易地安置点，那里住的都是有家有口的人，他们需要的房子大，像他这样没家没口的，政府就在村部旁，另起了小户型新居。他数过，一共有18套，全都一模一样的。

他在屋里走来走去，摸摸桌子，摸摸衣柜，摸摸床，心里喜欢着，可他还是不能搬。他说，这房子好哟，我是中意了，不过我还得看我的羊。石顺良懂他心思，说，把羊全卖了，钱存起来足够你喝一辈子酒。他早上吃一斤酒，晚上吃一斤酒，没有酒那一天是过不下去的。他嘿嘿笑，说，那哪能行呀，羊还要下崽呢，不能一下全卖光的。又在屋里走了一圈，喜滋滋地说，等我搬进来那天，我买酒请你们喝。

| 二 |

九银家和卜木家没搬来之前，陇茂屯还没有名字，后龙村的人追赶猎物时，偶尔去过那里，一座陡峭的荒坡，从盘卡屯的周边伸出来，伸到云端，猛然往下塌，陷出一个凹地，杂木乱草，石头遍布，看不到几捧泥土。千百年里，背陇瑶人无论迁徙多少次，都不曾想过要往那里去。

九银没有山之外的记忆，他和哥哥姐姐们都是在这山坳里出生的，每一个日子，每一个记忆，都是陇茂屯。山很静，一年到头见不到一个生人，每当狗朝着山梁吠，便是自己的阿卜或卜木的阿卜，从圩场回来了。他们每七天赶一次圩，把攒了一圩的山货扛下山卖,把家里日常用的东西买回来。

卜木阿卜那时候还是个小伙子,也许是20来岁吧,还没有娶妻,九银不知道他为什么会一个人,孤零零地住在茅草棚里,那么多年过去,从不见他说起家人。卜木阿卜家和九银家隔有十来米远,两座茅草棚,并排窝在山坳里。

山上猴子多,老鼠松鼠也多,这些都是贼,喜欢偷粮食。春天播种时,秋天收获时,阿迈都要唠叨。那些贼会从泥土里抠出种子吃掉,会把长出来的玉米棒啃烂吃掉,阿卜阿迈辛辛苦苦种下的玉米都收不回几背篼。阿卜安下很多铁猫夹,它们有锋利的齿牙,那些贼走过,就会被夹住。九银跟着阿卜,隔上一天两天就去查看铁猫夹,被夹住的贼看着九银,眼泪汪汪的,九银的心便软下来。阿卜说,它们偷我们的玉米呢,偷我们的红薯呢,偷我们的黄豆呢,九银的心才又硬起来。阿卜解开铁猫夹,取出猎物,绑好,递给九银,九银便欢天喜地提回家去。

阿卜特别金贵屋后那块地,阿迈说,那是阿卜从石头里抠出来的。刚搬到陇茂屯时,阿卜把整个山头走遍了,都找不到一块稍微平缓一些的地,便在屋后的高坎上,用锄头、钢钎,把地里的石头抠出来,平整出一块方方正正的地——整个山坳,阿卜就只平整出这一块地。秋收过后,打完渣子,等得几场雨把地淋透,阿卜就把牛牵出来犁地。牛是从山下背上来的,那时候它还小,阿卜把它放进背篼里,用绳子绑好,背着攀过那壁崖,九银和哥哥姐姐们割了很多很多草,才把它喂大到能犁地。

山下的春天总是比山上来得早,风从很远的地方吹过来,春在枝头变成绿,变成白,变成红,变成绚丽耀眼的颜色,一寸一寸往山上爬。还没等它爬到山腰,阿卜就领着几个孩子,把猪粪往地里搬,把牛粪往地里搬,将地养得肥肥的,地懂得阿卜的心,便也将玉米棒结得比其他地方壮硕。

卜木阿卜可没这样耐心,地往哪里伸他就往哪里种,那些石头怎么长,他才不管呢,拿起锄头,刨开一个浅浅的坑,丢一把粪,丢几颗玉米种子,就等着秋天到来。——玉米棒终是结出来了,瘦蔫蔫的,打不起精神。地是懂得人的,人对它有多好,它结出的玉米棒就有多大。卜木阿卜喜欢钻山林,他会安套子,捉老鼠,捉松鼠,捉野鸡,捉各种各样的鸟,九银喜欢跟着他满山转。卜木阿卜到了山林里,就放开嗓子唱山歌,他总喜欢唱些丑丑的山歌,九银越笑,卜木阿卜越唱得欢。山脚下是公路,沿着泗水河,拐进山里,又拐出来,露出来的只看见短短的一截。卜木阿卜告诉九银,路的一头是百色,一头是凌云县城。九银还从没离开过陇茂屯,山外的一切让他感觉神秘,他盯着公路看,很久很久才看见一辆车爬过,像甲壳虫。卜木阿卜说,那是班车,百色很远,要坐车才能去到。卜木阿卜什么都懂，而阿卜似乎只懂得种地，九银甚至都没听他唱过山歌，也不知道会不会唱。

山上的时间，就是日出日落，日头升上来，一天就开始了，日头落下去，一天就结束了。吃过晚饭，阿迈把柴火烧得旺旺的，一家人围坐在火塘边聊天，阿卜，阿迈，两个哥哥，两个姐姐，满满一屋子的人。阿卜喝几口酒后，便会摆山下的事，每到这样的时刻，九银的耳朵就会立起来，他太喜欢听山下的事了。阿卜说，等他长到八岁才能下山，那壁崖实在太陡了，小娃娃爬不动。阿迈坐在一旁剥玉米棒，她的手指、脚趾有几根是残的，断掉了，愈合后变成圆滚滚的一团，重一些的活做不了，远一些的路也走不了。

卜木阿卜每天晚上都过来玩，他一个人，火塘冷清，夜便比别人的漫长。来九银家，和一堆人说说笑笑，时间就会过得快一些。卜木阿卜的脚步重，阿卜听到他走过来的声音，便叫九银倒酒等，两个人喝酒总比一个人喝酒热闹。卜木阿卜一只手的几根指头微微曲卷，看起来像鸡爪。阿卜说，卜木阿卜的手，要不是公家发现得早，及时送去医治，就会跟阿迈一样，手指一根一根烂掉，脚趾一根一根烂掉。这种病真是恶呀，麻痹人的神经，让人感觉不到痛。刚刚开始的时候，只是一小块毫不起眼的斑，或是一个疖子，不痛不痒的，根本没有人在意。等到发现它的可恶，却来不及了，病得严重的人，眼睛烂塌了，鼻子烂塌了，双手双脚烂掉了，还有不少人死掉了。阿卜是草医，识得很多草药，可却医不好阿迈。阿卜说，公家的药比他的药厉害，阿迈和卜木阿卜都是公家给医好的，就连他自己也是公家给医好的。九银看他的手，看他的脚，好端端的，看不出病在哪里。阿卜便哈哈笑，伸出双手，指头的关节粗大，九银还以为种地多了，手才会长成这个样子。阿卜的病轻，公家医好后，基本看不出痕迹来。

多年后，九银才知道，阿卜、阿迈，以及卜木阿卜得的，原来是麻风病。那时候，他已经能攀过山崖，一次次走出陇茂屯，像阿卜那样，七天赶一次圩，将山货扛下山卖，将山羊牵下山卖。——那壁崖真是高呀，陡得要用指头抠进石头缝里，一步步挪，才能爬得过去。从陇茂屯爬下来，先是到盘卡屯，再爬下来，到陇设屯，越往下走，寨子越多，见到的人也越多。后龙村人看他的眼神有些奇怪，像看毒蛇猛兽，很久之后，九银才知道，他们就是在看毒蛇猛兽。——事实上，麻风病比毒蛇猛兽更让后龙村人害怕，似乎多看一眼，就会被传染，变成一个塌眼塌鼻秃手秃脚的麻风病人。

阿卜、阿迈、卜木阿卜是在一次大普查中被查出有麻风病的，公家把他们送到一个专门收治麻风病的医院医治，病好后，回到村里，却发现没有家了，麻风病人用过的东西，全被一把火焚烧殆尽，屯里的人都不同意让他们再回来居住。——要是在以前呀，这种人是要丢进山洞里自生自灭的。他们说。

家是回不去了，甚至连一个能容身的地方也没有，走到哪儿，都被人驱赶。没有办法，阿卜只好搬到荒坡上住，阿迈走不动，阿卜便背着她，爬过那堵高高的崖。卜木阿卜没地方去，也跟着阿卜，住到山上来。陇茂屯的人，说到底，都是被抛弃的人。

过去的事，阿卜阿迈不肯多提，后龙村的人偶尔提到时，总也遮遮掩掩的，九银的记忆里，便有一大段是斑驳的。60多年过去了，如今已没有多少人还记得那段往事，偶尔还有年长的人提起，记忆也是残缺的。只是"麻风病"这三个字已变成刺，长进九银心里，不管时间过去多少年，听到仍会让他浑身不自在。他跟我说起陇茂屯，说起阿卜阿迈时，总会把眼睛看向别处，小心翼翼地避开那个词。

八岁之前的九银，还没见过陇茂屯之外的眼神，心中没有羁绊，便看什么都是干净的。他喜欢阿卜和卜木阿卜喝酒的夜晚，两个大男人，喝着酒，聊着天，脸便红红的，笑声震得天响。哥哥姐姐们坐在一旁，仰头看他们，笑得傻傻的，九银也笑得傻傻的，阿迈剥着玉米棒，久不久看过来，眉眼里也是笑。

| 三 |

那座房子，很多年前就从阿卜心里长出来了，也许是搬上陇茂屯的第二年，阿卜就念叨那座房子。以后每生一个孩子，阿卜念叨的房子里就多出一个人，生到九银时，房子里的人就成了七个。三间两厦，容得下两个大人，五个孩子——三个儿子长大后，还要容得下三个儿媳妇，阿卜的未来规划里，那座房子就是这个样子的。那个时候，后龙村还几乎全是茅草棚，从山脚到山顶，大家住的都是一样矮趴趴的房子。陇茂屯那么陡，山羊爬上去都很艰难，阿卜怎么会想到，要在那上面建一座三间两厦的房子呢？

阿迈说，你阿卜是在做梦呢，别说家里饭都吃不饱，就算有钱，那些砖头、瓦片，又怎么背得过那壁崖？阿卜不答，过一段时间，又念叨那座房子。

阿卜一遍遍念叨房子的时候，九银并不知道，自己身体里流淌有一半汉族人的血液。后来，九银接触到很多很多汉族人，才知道，建一座大房子是大多数汉族人一辈子的执念。

阿卜心中也有执念，尽管他娶的是背陇瑶妻，过去很长时间里，一直生活在背陇瑶聚居地，平时在家里，和阿迈说话，和几个孩子说话，用的全是背陇瑶语，几乎所有的人都忘了他是汉族人，可阿卜骨子里一直有着汉族人的追求和梦想——土地一定要平整，用粪沤得肥肥的，房子一定是三间两厦，宽阔得能容下子孙万代。

很多事，藏在阿卜阿迈心里，也就烂在他们心里了，他们不说，九银就没法知道。阿卜年轻时的那个年代，一个汉族人和一个瑶族人，是很难走到一起的，亲戚宗族总会千阻万阻，仿佛与外族人通婚，天就会塌下来，地就会陷下去。也许是麻风病改变了一切吧——得了麻风病，他们就不再是汉族人了，不再是瑶族人了，他们只是两个被抛弃的人。

阿卜领着几个孩子砸石头的时候，阿迈并不知道阿卜在准备起房子。料石是一点点砸出来的，每一块都有棱有角，山下的人起房子，用的是砖头，陇茂屯没有砖头，阿卜便用石头代替。哥哥姐姐们都十来岁了，力气足够抡得起大锤，一家人敲敲砸砸的，几个月来也攒下不少料石。等到阿卜觉得料石足够起一座三间两厦的房子了，又领着几个孩子挖基脚。宽阔的屋基，比原来的茅草棚大出三四倍。

房子建起来了，九银算不出用了多少时间，似乎天天都在砸石头，又似乎天天都在钻山林找山货，日子便是没数的。新房子宽宽阔阔，是阿卜梦想中的三间两厦，石头砌的墙，盖的仍然是茅草。阿卜本来想盖瓦的，他找遍了山头，都没有适合做瓦的泥，只好作罢。

盖着茅草的石头房仍然是气派的,四平八稳,牢固得仿佛天地有多长久,它就能立得多长久。卜木阿卜的房子猛然变矮了,变小了,看起来很单薄。当两个房子都是茅草棚时,是不会有这种感觉的,可一个房子变成三间两厦,另一个仍然是茅草棚,就感觉出不一样来了。卜木阿卜也许看不到这些单薄,他从没想过要重新起房子,笆折墙烂掉了,就再编一个笆折墙,屋顶的茅草烂掉了,就再割几把茅草盖上。一座房子哪用得着牢固到天长地久呢,山里的竹子、茅草一年年长,山若不动,它们就永远在那儿,等着人去砍,去割。

卜木阿卜仍然天一落黑就走来九银家,喝酒的男人已变成四个了,两个哥哥长得和阿卜一样高,能一碗碗地跟阿卜喝酒,跟卜木阿卜喝酒。九银也是喝酒的,偷偷喝,不让阿卜知道,他还小,上不了桌。阿迈将火塘烧得旺旺的——阿迈还在世时,家里的火塘总是旺旺的,多少年后,九银还记得那些火光,映在每个人脸上的样子。一屋子人,说山下的事,说山上的事,日子就一天天过去了。陇茂屯的夜晚还是原来的夜晚。

九银喜欢这座石头房子,阿迈也喜欢。阿迈的喜欢是放在眼睛里的,她从来不用嘴巴说,九银一看她眼睛,就看到那些喜欢了。七个人住一座三间两厦的房子,刚刚好,余下的空间是给未来的。阿卜阿迈谈论过未来,九银都听到了,那时候，喝完酒，卜木阿卜回他的茅草棚去了，哥哥姐姐也回房间睡觉，他们都有些醉了。阿卜阿迈还坐在火塘边，夜虫啾啾地叫，也不知道夜有多深，也许是火塘太暖，石头房太新，阿卜阿迈内心里的亢奋还平不下来，便谈起嫁女儿、娶媳妇的事。孩子们渐渐长大了，总有一天嫁出去或娶进来的，到时候，这座三间两厦的房子就会被填满，陇茂屯也会被填满。

两个姐姐十七八岁，长得像阿卜又像阿迈，阿卜鼻子挺，她们便也鼻子挺，阿迈个子瘦小，她们便也瘦小。九银觉得姐姐们长得还蛮好看。她们喜欢赶圩，光着脚板，攀过那壁山崖，快到县城时，才换上补丁少一些的衣服，穿上草鞋。也不知道怎么就认识了远地方的人，不久后，就嫁到远远的地方去了。像是故意的，咬着牙，发誓一辈子都不再回陇茂屯来了。那么远的地方，阿卜阿迈都不知道往哪个方向去。两个哥哥到了娶妻的年纪，也入赘到别的地方去了，石头房便只剩下九银和阿卜阿迈。三个人填不满一座三间两厦的房子，空下来的房间，总像灌着风，让人莫名感觉到冷。

卜木阿卜有一次下山赶圩，带回一个年轻女人，那么多年了，陇茂屯还是第一次有生人来。女人来了就不走了，住在卜木阿卜的茅草棚里，跟他一起种地，一起找山货，一起扛下山卖，那么高的崖，她倒是一点儿也不嫌。卜木阿卜说，她是他唱山歌唱回来的。她知道卜木阿卜曾经有过麻风病吗？知道陇茂屯的人因为麻风病，已经被所有的人抛弃了吗？没有人谈论过这些，九银便也不敢多问。

没过多久，女人的肚子就隆起来了，隆得越来越大，像顶着个大南瓜，阿迈说，她要生娃娃了。阿迈叫卜木阿卜生火烧开水，准备剪刀，准备木盆，卜木阿卜跑进跑出，忙得一团乱。九银想跟去看，被阿迈喝住了，说男娃娃不可以看女人生仔。卜木一生下来就哭，声音弱得像吃奶的猫，阿迈在屋里大声喊卜木阿卜，说你老婆生了个仔。九银便跑过去看，卜木被包在一件旧衣服里，红粉粉的，像刚出生的老鼠崽。他闭着双眼，张开嘴巴不停地哭，小小的脸，皱巴巴的，很是难看。阿迈说，九银刚出生时更难看，全身乌紫紫的，本以为养不活了，阿卜倒提着拍几下屁股，九银才"哇"地哭出声来。刚出生的小娃娃，哪个不是皱巴巴的呢，个个丑得像老鼠崽，以后长开了就好看了。阿迈笑眯眯的。卜木阿卜也笑眯眯的。

卜木阿卜像是变傻了，什么事都不会做，阿迈叫他怎么做，他就怎么做，如若阿迈不叫他，他就傻呆呆地站在那里，双手双脚不知道往哪里放。卜木一直哭，一直哭，似乎只要醒着，只要嘴巴空着，就一直哭。茅草棚乱糟糟的，热闹得像一锅煮沸的水。现在回想起来，卜木阿卜的茅草棚就是从那一天开始热闹起来的,后来一直不间断地热闹下去。那个女人,哦,不,她已经是卜木阿迈了。卜木阿迈的肚子,后来又隆起过几次,能养得活的,却只有两个男孩子。阿迈说,女人生仔就是一脚跨进棺材里呀,能生得出来,能养得活一个几个,运气就已经很好了。有些娃娃生不下来,卡在肚子里,大人小孩都没命。

阿卜在那块平整出来的地里种黄豆,他听见茅草房里的哭声和笑声了。晚饭后,阿卜坐在火塘边喝酒,一个人,酒喝得寡淡——卜木阿卜已经有好一阵子没过来喝酒了,家里有了女人,火塘就暖了,来九银家喝酒便也少了。阿迈在打草鞋,跟阿卜说起卜木阿卜家的事,那个刚当了阿迈的年轻女人,那个刚出生的男娃娃,陇茂屯已经有好多年没有小孩子出生了,阿迈有些兴奋。阿卜应得有一搭没一搭的。火塘里的火晃了晃,哧哧哧地笑。九银想起阿卜曾经说过,火笑了就是准备来客了,就说,阿卜阿卜,火笑了,我们家是不是要来客了?九银也不过是想说说话而已,半大的孩子总会莫名其妙地想要说很多很多的话,并不想真的要答案。他知道答案的,火塘里的火笑了那么多年,从来不见有客人来过。

阿卜眼睛看进火塘里,却没说火笑的事,他说,那边家总算添丁了。阿迈没接阿卜的话,她捡起几根柴,往火塘里添,火星噼啪一阵闪,火焰跳了跳,燃得更旺了。

| 四 |

九银坐在我面前摆陇茂屯的事，说到开心或不开心的地方，都会不自觉地抓抓头。一寸来长的头发，灰白色，乱蓬蓬的，指向天空，有些桀骜不羁。他撕下纸的一角，从烟荷包里拈一撮烟丝放在纸上，伸舌头舔了舔纸边，手一卷，就成了一支烟，夹在指间，久不久抽一口。深绿色的广告纸，某一款 AD 钙奶的宣传单，变成烟雾，一口一口在他嘴边矮下去。我想象不出九银 18 岁的样子，可我知道，那一定蛮俊朗。年老后的九银清瘦，鼻子高挺，应该是他阿卜的脸貌。

过去的事终是越来越远了，后龙村的人眼睛里的东西也渐渐变得平和。18 岁的九银不时从陇茂屯爬下来，去别的寨子找年轻人玩。背陇瑶人是要唱山歌的，尽管九银身体里流有一半汉族人的血液。山歌像藤蔓，唱着唱着就长进一个姑娘的心里，唱着唱着，就有一个姑娘跟着爬上陇茂屯来。卜木阿卜的姑娘是唱山歌唱来的，九银的姑娘是唱山歌唱来的。后来，卜木的姑娘，那个名叫央瓦的年轻女子，也是唱山歌唱来的。只要山歌够酽，长进姑娘心里的藤蔓够柔韧繁茂，再陡再险的山崖，姑娘们也愿意爬。

跟着九银爬上陇茂屯来的姑娘 18 岁，和九银同样的年纪，阿迈上上下下地看，上上下下地看，眼睛里的欢喜快要掉出来了。阿卜坐在一旁没说话，手里卷着烟纸，也不抽，就这么卷着，每看过来一眼，也全是欢喜。石头房空着的房间，一直在等着九银把人带回来填满。

陇茂屯又已经很多年没见到生人了，上一次见到，还是卜木阿卜带回来的姑娘。茅草棚里的人都聚了过来，大家坐在石头房里，漫无边际地聊天，似是不经意的，偶尔才会有一个眼神，或一句话，落到姑娘身上。屋子里火热热的，每一个角落，似乎都被众人的目光烘暖了。卜木和他弟弟，一个七八岁，一个两三岁，仰着头，不错眼地看着姑娘，鼻涕流下来，流到嘴边，挂得很长很长了，才猛地缩回去，兴奋莫名。

生活里多出一个喜欢的人，日子便是满满的，看什么都顺眼，做什么都开心。九银觉得，不久的将来，石头房就会跟以前一样，有着满满一屋子人。孩子是两年后到来的，一个女孩子，同样是皱巴巴的脸，红粉粉的，像个老鼠崽，可九银怎么看都觉得好看。阿迈用一件旧衣服把孩子包起来，九银的旧衣服，白色的土布衬衣，穿过多年，缝补过多次，已经磨得很柔软了。九银把那团小东西抱在怀里，一直看，一直看，都不知道自己笑得有多傻。那一天的情景，烙进九银心里，多少年过去，都不曾忘记。

一岁多，孩子蹒跚学步，会叫阿卜了，会叫阿迈了，会叫阿冒了，会叫阿娅了，会说一些没头没脑、让人忍俊不禁的话，石头房每一天都流出笑声。桃花李花从山脚往山顶开来的时候，孩子开始咳嗽，九银没在意，以为只是小感冒，过些天就会自己好。后来越咳越密越咳越费力，阿卜才上山扯草药，煮给孩子吃。情况时好时坏，往往刚缓一两天，又咳得更厉害了，总像牵得有根，怎么也除不尽，一不留神，又会长成一地。

也不过是感冒而已呀，谁知道会要人的命呢。小时候，哥哥姐姐们感冒咳嗽，九银自己感冒咳嗽，都是阿卜扯草药给治好的，怎么偏偏那一次，就治不好了呢。九银说着，又伸出手来，抓抓头，指向天空的灰白色头发换一个方向，仍然指向天空。夹着烟的手伸到嘴边，深深地吸一口，眯起眼。

那个孩子，有一天终于停止咳嗽，安静地躺在床上，像睡着了一样。可她走了，离开九银家，回到花母娘娘的后花园去了。阿迈说，花母娘娘送来的娃娃，有些是来报恩的，有些是来讨债的。来讨债的娃娃给你见一面，见几面，就是让你一辈子欠着他。阿迈说得对，九银后来就一直欠着那个孩子。

那个时候，九银和妻都只有21岁，身体健壮，未来还很长，他们还可以生很多很多孩子。因此，大家都没有太多悲伤。花母娘娘给一朵花，又收回去，她还会送一朵花来的。不，会送很多很多朵花来。男孩子是红花，女孩子是黄花，花母娘娘送什么花，凡世间的人家就能拥有什么性别的孩子。

春天播种，秋天收获。老天爷从来不管世间悲伤，谁到来，谁离去，到了季节，该播种的仍要播种，该收获的仍要收获。这一年秋天，玉米棒结得特别好，刚刚到季，就要抢收回来，猴子松鼠老鼠每天都在跟人争食，收慢了只怕就剩个空壳壳。九银一家都忙起来，阿迈背不了重的，就在家煮饭。九银和妻并排站在地里，每掰下一个玉米棒，就往身后扔，玉米棒从肩头飞过，准确无误地落到身后背着的背篼里。等背篼装满了，才倒出来，在地上堆成一堆，一片地都收完了，才又一起背回家去。两个人边走边掰，从远到近，一路收下来，山上的都收完后，才收屋后那块地。妻说胸口痛，九银看她一眼，见她仍双手不停地掰着玉米棒，便没有说话。背玉米棒下山时，妻又说胸口痛，九银便想着，等收完玉米，就上山扯几根裤裆藤回来，煮水给她吃，那是一种很厉害的草药，专治肚子痛、胸口痛，好得特别快。

吃中午饭时，九银看见妻吃完一大碗饭，又舀了一大碗饭，吃得很香的样子，便觉得妻没事了，吃得两大碗干饭的人，还能有什么事呢。那一天，阿迈煮的是水泡米——同样是玉米饭，水泡米的做法要讲究得多，好吃又耐饿，就是太费米，平时只有富裕人家才吃得起。九银家要等到秋收那几天才能吃，那一坡玉米收下来，不吃几碗干饭顶着，没力气。

那一晚，全家人都早早躺下了，收了一天玉米，人疲乏，睡得特别沉。半夜里，九银感觉妻在推他，醒来便听见妻说胸口痛，很痛很痛，像被人用刀子捅。妻捂着胸，很难受的样子。九银不知道做什么好，便叫她忍忍，等天亮一些，就爬上山把那根裤裆藤扯回来。妻捂着胸蜷成一团，说不出话，没过多久就不行了。那时候，鸡还没叫头遍，屋外黑得像漆。妻走得那么快，一点儿时间都不留给九银。从九银醒来，到妻去世，不过是几分钟的事。来不及的，就算九银长出翅膀，立马飞上山扯草药，也来不及了。

一个人死去原来是这么容易，就像老天爷在天上轻轻吹一口气，人世间的一盏灯就灭了。多年后，九银坐在我面前，还一直后悔那天收玉米时，为什么不先去把那根草药扯回来，也许妻吃了裤裆藤，那一晚就不会有事了。

两个九银喜欢的人，来了，又走了，就在同一年里，一前一后，都走了，九银的日子便空了下来。如果一直是空的，那也就罢了，可曾经很满的日子，突然空下来，就会空得让人无所适从。

阿迈有些凄惶，她知道，从此以后，九银的山歌再也长不出藤蔓来了，再也不会有一个姑娘，被九银的歌声牵引，爬上陇茂屯来。不久之后，全后龙村的人都知道九银命硬，不久之后，所有的背陇瑶人都知道九银命硬。没有哪一个背陇瑶姑娘，敢嫁给一个命硬的男人。

九银只有21岁，未来还很长。没有姑娘跟着山歌来，阿迈便四处托人帮找，托了好几个，都没人愿意来。终于有人肯来了，和九银一样，是个命硬的人，她丈夫病逝了，做过绝育手术，再也不会有孩子了。九银想起包裹在旧衣服里的孩子，红粉粉皱巴巴的，像个老鼠崽，却怎么看怎么好看。她第一次开口叫阿卜，他便感觉到自己像树，根须扎进地底，枝叶噌噌噌地长，蔓延出一片森林来。九银还是想要有自己的孩子，便也没成。

一波热闹来了，去了。又一波热闹来了，又去了。再次寂静下来的石头房显得更冷清，卜木和他弟弟的打闹声，笑声，哭声，从茅草棚那边传过来，阿卜阿迈听见了，眼睛热热的。

九银那么年轻，在他失去孩子妻子的年纪，很多小伙子还奔走在"耍表妹"的路上，一个寨子一个寨子唱下去，还不知道喜欢的姑娘在哪里。九银觉得，总有一天，还会有一个姑娘跟着他，再次爬上陇茂屯来的。九银终究太年轻了呀，不知道人们所忌讳的，是那些无人能说得清的命运。很多年过去，正如阿迈担忧的那样，再没有一个姑娘，愿意为了九银，爬上陇茂屯来。

阿卜阿迈已经很久没念叨九银的婚事了，他们只是越来越凄惶。在九银还一年年地等着一个姑娘到来时，他们早早就看透九银的未来，那将是孑然一身，孤独地守着这座石头房，默默老去。而九银却还需要很多很多年后，才能接受这个事实。

都是命呢，哪个不想好嘛，命自己成这样了，也没有办法呀。九银抓抓头发，看着我笑，一口被烟熏黑了的牙齿，残缺不齐。我看不进九银的内心，或许，时间真能覆盖一切，所有的悲伤，所有的快乐。

断了再娶妻的念想，日子便又恢复平静，九银养了几只山羊，没有酒喝的时候，就牵一只下山卖。每天把羊放到山上，让它们自己攀爬在壁岩上找吃的，九银背着弯刀，钻进山林找山货。其实也无所谓山货的，就这么逛着，时间很容易就过去了。几年后，老天爷在天上吹一口气，把阿卜那盏灯吹灭了，又几年后，再吹一口气，把阿迈那盏灯也吹灭了，石头房便只剩下九银一个人。

| 五 |

央瓦被卜木的歌声牵引，爬上陇茂屯时，只有16岁。陇茂屯又已经很多年没见到生人了，时隔太久，之前的生人都忘了自己也曾经是生人。每从山外爬上来一个姑娘，山坳里都像煮开一锅水，需沸腾很多天才又慢慢平息下去。

九银在石头房旁转，看看菜地，看看羊圈，篱笆破损处，就砍根竹子破成竹篾捆绑加固，两只小狗跟在他脚边，全身黑漆漆的，和一旁的石头差不多颜色，一不小心就会踩到它们。狗刚断奶，走两步就哼哼，还像在讨奶吃。九银去别的屯找人喝酒，那家一窝狗崽刚断奶，正准备卖掉，九银来了，就抓两只塞进九银袋子里，让他带上山来。房子太空，养些猫猫狗狗，屋子里就会暖一些。卜木和央瓦刚走到坳口，九银就看见了，坳口每走来一个人，陇茂屯的大狗叫，小狗也叫，想装作看不见都不行。茅草棚正热闹着，卜木阿卜和卜木阿迈笑得特别大声，这个时候九银是不会走过去的。他是男人，是长辈，再也不能像小时候那样随意了，等到吃饭时间，卜木阿卜就会派儿子过来喊他。陇茂屯就两家人，谁家有喜事，都要坐到一起，喝几碗酒热闹一下。

卜木阿卜的茅草棚，笆折墙烂了多少次，房顶的茅草也烂了多少次，屋子里的人越来越多，都快挤爆了，卜木阿卜却从没想过重新起一个大一些的房子。屋内狭窄，人坐得挤，眼睛全落到卜木带回来的姑娘身上。央瓦低头羞涩地笑，看过来的目光却一点儿怯意都没有。她个子细小，也许还没长开吧，尖尖的下巴，眼睛细长，晃眼间有些像九银的亡妻。九银看了一眼，又看了一眼，心里难受起来。他的妻跟着他爬上陇茂屯时，卜木还流着长鼻涕，转眼都成娶妻的了。时间过得真快，他那女娃娃要是还活着，大概也是这个样子吧。那女娃娃脸貌随她阿迈。

酒喝得有些多，九银回家时，脚步便飘起来。卜木阿卜叫卜木送他，九银摆手不让送。他能走，别说这几步路，就算是从山下爬上陇茂屯来，他也能走。可九银仍然觉得自己醉了，因为他特别想妻和孩子，平时他很少想到她们的，就连做梦，也不曾梦见过，他只有喝醉时才会想她们。两只小奶狗跟在身后哼哼，九银的脚步重，踩在石头上，啪嗒啪嗒响，它们的脚步轻，踩在石头上，噗噜噗噜响。狗真是通人性呀，主人走到哪里，它就跟到哪里，有个活物陪着，人就不至于太孤单了。

摸进房间，九银倒头就睡，床上很乱，地上也很乱，到处堆满杂物。一个人，日子过得潦草，床只睡一小半就好，碗只拿一个就好，其他的都是多余的。用不上的东西随手丢地上,丢床上,丢桌上,丢凳上,一天天的,竟也堆成山。

央瓦生了个男娃娃。

央瓦又生了个男娃娃。

央瓦生的还是个男娃娃。

央瓦生的又是个男娃娃。

央瓦终于生了个女娃娃。

央瓦又生了个男娃娃。

十几年里,央瓦一连生了六个孩子,那么小的身板,却那么能生,茅草棚每天都是哭声笑声。那么多孩子的声音,把陇茂屯给装满了。

卜木弟弟已经很久不回陇茂屯来了,他在县城租房子住,打零工,帮人砌墙或种桉树。他和卜木不一样,和九银、卜木阿卜都不一样,他不想用歌声牵引任何一个姑娘爬上山来。他不喜欢陇茂屯。

卜木也下山找钱去了,那么多孩子,总要吃饭的,陇茂屯那点土养不活他们。和弟弟一样,卜木也打零工,帮人种桉树,割草,或砌墙,隔上一段时间,他总要回家一趟,他的根须扎在陇茂屯,他得不时回来看一看。

一个人时,火塘是冷的,以前是卜木阿卜常来石头房找人喝酒,现在是九银常去茅草棚找人喝酒。卜木阿迈已经去世了,卜木阿卜的耳朵变得有些聋,说话要很大声他才听得见。

两个男人坐在火塘边喝酒,暮色还没落下来,几个孩子在屋外打闹,声音穿过笆折墙,塞得满屋子都是。卜木用木板给孩子做了一辆小木车,安上三个滑轮,一个孩子坐上去,几个孩子在后面推,势太猛,车翻倒在地。坐的人哭起来,跑进茅草棚告状,央瓦伸出半个身子,朝门外吼骂,也不知道骂的是谁,可哭的孩子到底满意了,又高兴起来,继续玩木车。不久又一个孩子哭着跑进来告状,央瓦便又冲着门外骂,身后背着的孩子被吓到了,大声哭起来。

九银觉得烦躁,更觉得眼热。卜木阿卜笑眯眯的,也不知道是听不见身旁的嘈杂,还是已经习惯了。央瓦不时走过来,给火塘添柴,大声跟卜木阿卜说话,她比刚来时壮了一些,原先红润润的脸,失去水分,现出腊黄的底。央瓦老了,生那么多孩子,把她给生老了。

九银见过央瓦攀过壁崖的样子,她去赶圩,背凉薯或南瓜下山卖,回来时,背篓里装着一件饮料——鲜橙多,橙黄色的外壳包装,九银看得特别清楚,村里的孩子都喜欢喝这个。还吃奶的孩子绑在胸前,像是睡着了,一点儿也不闹。央瓦双手攀着岩壁,快得像猴子。央瓦已经和陇茂屯的人一模一样了。

山外的路修到陇设屯来了,九银去赶圩时,看到山下的房子一年年在变,很多茅草棚变成了木瓦房,有些人家还起了两层三层的洋楼,可这些与他有什么关系呢?这些与陇茂屯也没有关系。陇茂屯的人上山下山,仍得将手指抠进石头缝里,一步步挪。

央瓦的孩子长到八九岁,就要攀过那壁崖,下到盘卡屯读书了,那里有一个学校。从陇茂屯爬下来,去到盘卡屯,大人需要一个多小时,小孩子臂力腿力都不够,需得爬两三个小时。后来,盘卡屯的学校合并到三台屯去,这些孩子还要走更远的路,去到三台屯读书。

九银没进过学堂,小时候他央求阿卜阿迈,想要去读书。阿迈说,还要打猪菜呢,还要割牛草呢,还要种地呢,都去读书了,这些活谁来做?不给去读。陇茂屯的人都没进过学堂。算命先生说,九银应该是吃皇粮的命呀,可惜了,没得读书。九银说到这里,眼睛亮闪闪的,脸上焕发出神采。他相信算命先生的话。

上山下山,陇茂屯的人都需要攀过一段很险的崖,有一处岩壁太高,需要搭木梯才能攀得上去。之前阿卜和卜木阿卜随便用树丫,搭了一个梯子,那时候,进出陇茂屯的只有他们两个人——阿迈手脚有病,爬不动,哥哥姐姐还有九银年纪太小,也爬不动。等九银长大后,木梯也是随便拿几截树丫乱搭,他们都习惯了,闭着眼睛也知道脚往哪里踩。可现在不一样了,央瓦的几个孩子要上学。九银砍了最坚硬的青冈木重新搭了一个木梯,又用最柔韧的藤捆绑牢实。还有一个地方,岩石陷下一道深深的沟,一步跨不过去,需得跃起,从这头跳到那头。九银找了一块长石板,架在两头,像架起一座小石桥。九银想象那些孩子,他们爬这些木梯,走这座石桥,心里就踏实起来。——特别是那个女孩子,央瓦六个孩子中唯一的女孩子,她力气小,更需要走稳实的路。这些事,九银从来不说给别人听。他不喜欢说。

公家把电拉到盘卡屯来了。把路修到盘卡屯来了。把盘卡屯的茅草棚全都建成砖混平房了。可这一切,仍然与九银没有关系。陇茂屯仍然是原来的陇茂屯,又已经很多年没有见到生人了。

有一天,九银听见陇茂屯的大狗小狗叫得厉害,抬头看坳口,来了几个陌生的人影,等他们走近,才看清其中有谢茂东和石顺良。九银当然认得他们,后龙村怕没有几个人不认识他们。陌生的面孔是区财政厅新派到后龙村的第一书记曹润林和驻村工作队队员。

几个孩子在屋前玩小木车,央瓦听到狗吠,从茅草棚里走出来,身后背着最小的儿子。九银看到来者诧异的表情,落在孩子们身上,落在央瓦身上,落在茅草棚上,落在石头房上。——山外已经很多年看不到茅草棚了,这里的茅草棚里居然还有那么多孩子，孩子的母亲居然那么年轻，那一年，她也不过30来岁吧。陇茂屯的人更诧异，大半个世纪过去了，屯里还是第一次有工作队进来。

那时候是2016年夏天，九银记得，天气很热，央瓦小的那几个孩子光着屁股。

| 六 |

一大早，我就给九银电话，我要跟他去陇茂屯，这是昨晚就约好了的。九银手机关机，我便紧张起来，怕他忘了我的话，独自爬上陇茂屯去了。——也或许，昨晚他就爬上陇茂屯去了，谁知道呢，这个谜一样行踪不定的人。

我们按约定时间往村部去，我不敢肯定能不能在新房子里找到九银，每一次找到他，我都觉得需要运气。刚走到楼下，九银就从阳台伸出头来，说，妹呀，你来啦。声音软绵，像铺着一地棉花。我心里不由得暖了一下，想起那个被他歌声牵引、爬上陇茂屯去的姑娘，九银在喊她的名字时，一定更软绵吧。我喜欢九银的声音。

昨晚我们刚从九银家出来，九银转身就去高坡屯找人喝酒。喝得高兴，就睡在那人的家里了，心里惦着我和他的约定，天没亮又赶回来，走了一个多小时山路。我听着，心里便又暖了一下。我说,你手机干吗关机呢?九银拿出手机看,才知道没电了。一部老人机,充一次电能用十五天,时间太久,倒是让人时常忘记充电。

屋内整洁,不像是一个独居老人住的,电炒锅里还剩有几块烧鸭,九银从圩场买回来的,昨晚跟人喝酒去了,没顾得上吃。九银把垃圾装进袋子里,提着走下楼,门外不远处就是垃圾箱。我心里又暖了一下,想着九银还是习惯山下的生活了。

车子开到陇设屯,就得下车走路,一直走到盘卡屯,再爬一座高高的山,才能去到陇茂屯。

没有路。从盘卡屯上来,就全是石头和杂草,满眼荒凉。越往上爬,越荒凉。九银走过,脚印落在石头上,落在杂草间,要是我们不及时跟上,那些印子就会很快消失不见,像被风吹走了一样。

九银的脚底板长得有翅膀,双脚轻轻一点,就把我们远远地丢在身后。我们抬头,只看见黑的石头和无边的荒草,四周寂静,看不见人走过的痕迹。我扯起嗓子喊,喂——九银哥——我们找不到路啦——你在哪里呀——大山把我的声音截断,只剩下一声"呀——"在回荡。片刻,九银的声音从我们头顶的某一处传来,我们才又循着声音爬去。看见九银了,坐在石头上,抽着烟等我们。九银慢不下来,他不习惯慢慢走。

九银说，卖完羊，他就不再上陇茂屯来了。这座山，他是越来越爬不动了。半个月前，他摔了一跤，脚踝扭伤了，去药店买跌打扭伤灵擦，仍然肿了很多天。山里人，天天钻山爬崖，哪有不摔着碰着的呢，扯一把散血丹，或一把百花草，放进嘴里嚼几下，敷一两天就好。现在不行了，摔一跤，竟痛那么久。人老了，身上有一点点痛，就会痛得特别漫长，痛得让人无法忍受，就算擦神丹仙药也没多大用处了。

那壁崖是看不见的，它就在我们脚底，我不知道它的起点，也不知道它的终点，它似乎就一直在我们脚底，我们走到哪里，它就延伸到哪里。从盘卡屯上来，双手一直在攀爬，手指牢牢抠进石缝里，身子贴着山壁，一步步慢慢挪，眼睛盯着九银，又盯着脚下。有些石头是松动的，有些草丛是虚空的，不小心踩上去，人就会滚下坡底。我们看不见坡底，只觉得身在半空中，耳旁是呼呼的山风。如果风再大些，也许我们会飘起来，像一片落叶。

爬到坳口，双腿发软，坐了好一阵子才又走得下去。九银已经走到山坳底了，黑的衣裤，像团移动的黑影。两座房子窝在山底，前面那座是卜木和央瓦的，后面那座才是九银的。山太空寂，九银撒在地里的菜绿得耀眼，看得人心里难过。

卜木和央瓦的房子中间盖铁皮，两头盖茅草，山那么高，也不知道这些铁皮是怎么背上来的。我抽出扣在门上的木棍，走进去，风从屋顶吹过，呼呼呼，铁皮钉得很紧，风被憋着，仍拼命从铁皮缝钻过，呼呼呼。屋里收拾得干净，阳光从笆折墙透进来，竹缝稀疏，屋子里全是阳光。卜木和央瓦搬下山好几年了，房子仍像是在等他们回来。我站在屋中央，听着风声，想象那个年轻女子，她在睡梦中一定常听见风的呼啸吧。山野空旷，她一个人守着茅草棚，守着六个孩子，卜木不在家的那些日子，她会不会害怕？独自发了好一阵呆，我默默走出来，把木棍插回去，重新扣上门。

央瓦大儿子21岁，二儿子也已18岁，没读完小学，就外出打工去了，还在陇茂屯时，每天爬那座山，走得饿，读不成书。搬到县城后，学校就在家附近，央瓦每天接送孩子，慢悠悠地走，不出半个小时就到了。央瓦喜欢玩抖音，接送孩子，刷一个；自己一个人走，刷一个；和卜木一起走，也刷一个。手机开着美颜功能，央瓦看起来仍是16岁的样子。他们是不会再回陇茂屯来了。

石头房仍坚实，挺立在那里，三间两厦，两间盖铁皮，一间盖茅草。屋顶上的铁皮塌了，陷下一个角，而盖着茅草的那间，草腐烂了，掉下来，一年年地掉，没有人理，便掉光了，敞着顶。九银干脆把那间的地面挖开，种上菜，阳光落下来，照得一屋子金灿灿的，照得菜叶子油亮。

——几乎所有的空地，都被九银种上菜了，没有人吃，菜们独自生长，独自枯萎。

九银的床也是塌的，床板朽断成两截，挂在榫眼里。蚊帐仍在，衣物仍在，到处是厚沉沉的灰尘，也不知道多少年没人碰过了。屋子里塞得满满的，几乎找不到下脚的地方，我辨不出是什么东西，所有的一切都是凌乱的，落有厚厚的灰尘。靠着门的地上放着一块木板，堆得有很多杂物和一团看不清颜色的被子，想必这就是床吧，上山来看羊时，九银就胡乱蜷在那上面，随便应付一晚。

看不见羊，也不知道它们跑到哪个山头去了。九银说，等天落黑，羊会自己回来。他给石槽添水，抓一把盐巴撒下去，羊喜欢盐，闻到味道，就会跑过来喝。到时候，九银就会用绳子，套住羊的角，把它们牵下山去。一只羊从陇茂屯牵下来，会掉两斤水。老板开着车等在路旁，称完羊，就会把这两斤水给九银补上。满山奔跑的羊肉紧实，卖得起价，老板不屑于克扣九银这两斤水。

羊还有13只。九银能数得出来的数字就是13只，11只大的，2只小的。不愿意回来的那些，就让它们变成野羊好了。

添完石槽里的水，九银在石头房转了一圈，又要往山上去了。他要去逛逛山,找找山货,芍乌藤、金银花、山豆根,遇到什么就要什么,遇不上也没关系,他就是到处走走,等着天落黑,等着羊从山上归来。九银说,妹呀,你们赶紧下山去,你走得慢,一下天黑了就看不见路了。

我把买的面包递给他,九银说不要不要,我仍往他袋子里塞。我说,卖完羊,别再上来了,这路太难走了。九银说,不上来了,走不动了。

迈囊

| 第九章 |

| 一 |

一进入竹林,我的心便悬,不知道迈囊家的狗什么时候会吼起来。竹林里全是它们的耳朵,我的步子再轻,它们也能听到。没走几步,狗果然吼了,我看不到它们在哪里,砸进我耳朵里的声音恶狠狠的,埋着滚雷。一只吼了,另两只也跟着吼。我都数不清来迈囊家多少次了,它们总不肯认我。

迈囊的声音跟在狗后面,说,狗,吼哪样吼,快滚一边去。迈囊家的狗,名字就叫狗。狗不听,仍然吼。迈囊便扬起嗓子喊,小南莫怕,我在这里呢。声音沙哑,原先的筋骨涣散了,浮在半空,让人感受不到力量。过去那些丰盈和繁茂,在生了一场大病之后,终是凋零了,也不知道那些山歌,还能不能从他的嗓子里长出来。

看见狗了,从一个拐弯处冲出来,吼得一声比一声紧,像是要咬我一口,才善罢甘休。可我还是一眼看穿它的内心,它的心虚着呢,没有底气的,只是面子上过不去,仍然装出一副很凶的样子。迈囊一竹竿打到它背上,狗知道我终是不能惹的,钻到竹林深处,躲着不见了。一只在前,两只在后。

迈囊拄着竹竿,立在原地笑眯眯地看着我,我也笑眯眯看着他,我们彼此的眼睛里,还装着刚才的闹剧。每一次来,都要上演的闹剧。狗的不依不饶,倒是让我和迈囊的关系更近了,有一种不同于别人的亲密,或许是一种信赖吧,我也说不清那种感觉。每次来迈囊家,走到山脚下,我都会给他打电话,我说阿冒呀,我到山脚下了,你家的狗太凶,我害怕,我需要你的保护。迈囊便朗朗地笑,说,你来嘛,不怕呢,有我在。迈囊的笑声里有些小得意,是那种进入暮年之后,仍被人需要、被人依赖的得意,这让我想起我的父亲,他暮年时的落寞,每一次我们表现出依赖他的样子,他总是很快乐。我父亲已经去世多年了。

迈囊家在一个小山堡上,一座砖混平房,建起来好些年了,一头连着的瓦房年代更久一些,那是迈囊家的老屋,住几辈人了。一茬茬人从老屋里长出来,分散到各处去,长到迈囊这一茬,长到迈囊儿子那一茬,老屋里住着的,便是迈囊和小儿子一家五口。小儿子小儿媳长年在外打工,大多时光,屋子里只有迈囊和三个小孙子。

迈囊步子缓慢,声音缓慢,整个人轻飘飘的,单薄得像一张纸。确切地说,更像一棵老树,被雷电击打,烧空了一半树干,终是挺过来了,依然长出枝叶,开出花,结出果,可到底缺了一部分,看起来便是脆弱的,让人担心它会倒下去。击打迈囊的是慢性肾功能衰竭,这个沉重得让人难以承受的词,我是后来在他的病历单上看到的。那段时间,迈囊去市里医病,他回来后,便像被抽空似的,猛然瘦了那么多。一场病,就要花去五万多元,好在有城乡居民基本医疗保险,建档立卡贫困户报销达90%以上的惠民政策,极大减轻了迈囊家的负担。

房子前面是一小块空地,迈囊用竹子搭起架子,种南瓜,种豇豆。南瓜藤缠着竹竿爬上来,开出大朵大朵的黄花,豇豆藤也缠着竹竿爬上来,开出小朵小朵的紫花。几个鸟笼,挂在架子上,从黄花紫花间吊下来,鸟儿终日沉默着,待在笼子里。每次我走近,它们就拿乌漆漆的眼睛瞅着我,目光如水,看不出快乐,也看不出忧伤。迈囊说,有些鸟不会叫,有些鸟清晨才叫,我便总也听不到它们一声叫。薄成一张纸的迈囊仍然喜欢捉鸟,只是不再像年轻的时候了。迈囊现在的腿力,就连一座山头也爬不动,更别说追赶一只鸟,翻山越岭,几天几夜了。

瓜架前面,是坡坎,一面斜坡,无遮无拦地从那块空地往下延伸，一直到坡底，杂木乱草长出来，把那些嶙峋遮挡住，让人看不清底下的险象，只以为是一派生机盎然。

房子建在坡坎上，总让人不安，每到下雨天，我的心便提起来，担心山体滑坡或是什么自然灾害。我常常听着窗外的雨，心里不安，掏出手机给迈囊打电话，让他搬到其他儿子家住，在盘卡屯，还住着迈囊三个儿子。迈囊仍朗朗地笑，说，不怕不怕，这里都住几辈人了，从没塌方过，每次下雨，我都房前屋后地巡过几遍的，稳实得很，一点事都没有。

我劝过迈囊很多次，让他把家搬到山下去，盘卡屯总归是要整屯搬迁的，全屯的人都得搬走。迈囊坐在火塘边，脸上笑眯眯的，他的猫蜷在一旁，蜷进火灰里，离火很近，冬天或夏天，我见到它时，它总是这个样子，不知道是离不开火，还是离不开迈囊。猫很瘦，能清晰看见肋骨——毕竟是要捉老鼠的，太肥了跑不动。它回头用绿幽幽的眼睛看着我，喵的一声，蹿过去，无声无息地钻到迈囊脚边，蜷成一团，又回头拿绿幽幽的眼睛看着我。迈囊说，搬家的事，要等儿子回来才能决定。家里的事，终是儿子说了算呀，他老了，不管事的。

柴没干透，冒出的烟总往迈囊那边去，迈囊眯起眼，把头躲到左边又躲到右边，烟追着他，往着左边去，往着右边去。我想起第一次见到迈囊的样子,那个赤着脚,坐在火塘边,将《背陇瑶迁徙古歌》唱出一屋繁茂的男人,再也无法与眼前这个男人重合起来。迈囊真的老了,十几年前,他只是外表老去,现在,他是从内心里老去了。

山堡很静,抬眼看门外,感觉是一个山头看向另一个山头。家里也很静,彩玉彩情没在家,她们在后龙村中心小学读书,一个二年级,一个五年级,要到周末才能回来。一条狭窄的通道,把砖房和瓦房连接起来,我从瓦房这头穿过,十来步就到了砖房那头。地宝躲在墙角里,趴在地上打玻璃珠子,屁股撅得老高。一颗玻璃珠子弹向另一颗玻璃珠子,两珠相撞,骤然分开,滚到门后,滚到电视机下,地宝把它们捡起来,再打一次。我站在他身后,看了好一会儿,地宝一遍遍重复着这些动作,脸上没有太多表情。我跟他说话,他不答,头也不抬。两年了,我几乎没听见过地宝说话。迈囊说,他不爱说话呀,跟他阿卜阿迈也不怎么说话的,有时候他阿迈打电话回来,他都不愿意接。

地宝一个人缩在角落里,我总觉得太孤单,便把他抱起来,带到火塘旁。地宝由着我抱,听我和迈囊说话,手里握着那两颗玻璃珠子,仍然不说话。

| 二 |

一个儿子长大，娶妻生子，就会离开老屋，去到别的地方另起房子。儿子一个接一个长大，一个家，就会分裂出很多个家。每分裂一次，迈囊就老一次，分到只剩下最后一个儿子，迈囊家的户口簿上，户主就变成了如安。

给迈囊打电话，提示关机，我便知道他又欠费了。用微信钱包给他手机号码充话费，再拨，便通了。迈囊的声音从话筒里传来，小南呀——声音温软，沾满笑意，拉长的字眼后面，是等待我把话题接上来。我们都太熟悉对方的说话习惯了。

我说，阿冒呀，你的手机欠费了，你知道吗？迈囊说，不知道呢，我都没怎么用电话。我说，如安多久没给你打电话了？迈囊想了想，说，好些天了吧。迈囊手机欠费不是打电话太多，而是打得太少，话费套餐被时间耗没了，他却浑然不觉。迈囊说，小南你又帮我交电话费了呀，等如安回来，我让他给你钱。

我说，不用呢，我给你充话费是方便我自己呀，我怕找不到你老人家嘛。迈囊便嘿嘿笑，说，哪能找不到呢，我天天在家，老了，哪里也去不了。与迈囊闲闲地聊着，听他说一天的事，村里的小罗医生又上山来了，到家里给他量血压量体温。小罗医生是迈囊家的签约医生，几乎每个月上山一次，他曾教我对付狗的办法，说遇到恶狗不用怕呢，只需弯腰，装着捡石头的样子，狗以为你要捡石头打它，便害怕了。可我很是怀疑，狗也会欺软怕硬呀，它们应该早就看出来了，我只是一个懦弱的人。迈囊说，小罗医生好哟，爬那么高的山给我看病，这个后生仔，脾气好，有耐心。迈囊絮絮叨叨，我的眼前便出现那个小山堡，迈囊缓慢地走，地宝跟在一旁，三只狗跟在一旁。我所帮扶联系的五户中，与迈囊聊天让我感觉最轻松，话题常常是漫无边际的，没有目的和方向，想到什么就扯什么，我故意说一些幼稚的话逗他笑，他便一直笑。我喜欢闲闲地聊天，那会让人感觉松弛。——其他几户，他们的每一通电话，或是我的每一通电话，几乎都是奔着某一件事，或某一个问题而去的，若是问题能解决，那便满地葱茏，若是问题解决不了，便会长出锋刃。我是那样地害怕锋刃，它们会让我无力而焦躁，像是赤着脚，踩在一片荆棘上。

给迈囊打电话，大多是傍晚，我一个人在办公室里加班。暮色从窗外落下来，广场上的灯亮了，音乐响起，跳广场舞的人，肆无忌惮地将她们的欢乐传送到五楼，办公室里便全都是别人的欢乐。我站到窗前，隔着玻璃看跳舞的人，耳朵里,迈囊仍在絮絮叨叨地说着山上的事。每每这样的时刻,我总会有一瞬间的恍惚,窗内、窗外,以及电话里那个小山堡,每个人的人生都是不相同的,而此时此刻,我似乎正同时经历着那么多的人生。

我极少见到如安,他和妻长年在南宁市武鸣区管香蕉,春节才回来一次。很长时间里,我都把管香蕉说成种香蕉,迈囊纠正了几次,我才渐渐明白这两者的不同。种香蕉,只是种,那是一种短期行为,一个月或两个月便能完工。而管香蕉,则需要一年到头守在香蕉地里,从种植,到铲草施肥,再到把香蕉一串串割下来,扛上车让货商拉走,才算完成一年的工。春节临近,老板根据年成,给工人结账。年成好时,如安夫妇能带回七八万元,年成不好时,连回家的路费都没有。

如安的事,迈囊知道得也不多,零星的片段,还是春节儿子儿媳回来时摆给他听的,平日里,若没有事,他们是不会打电话的。如安打来的电话,迈囊打去的电话,没有哪一通会是闲聊。倒不是怕电话费太贵,而是对着话筒,那些枝枝蔓蔓的闲事根本长不起来,他不习惯,儿子也不习惯。

当然也有闲聊的时候,儿媳想孩子了,就会打来微信视频电话,找三个孩子视频聊天。她想看看孩子的模样。和彩玉聊完话,和彩情聊完话,却怎么也喊不动地宝。地宝蹲在角落里,迈囊把手机送到他眼前,他扭头不看,像是在生气。地宝还没满一岁时,如安和妻就丢下他,去武鸣管香蕉了,孩子与他们生疏。可地宝分明是想阿卜阿迈的,他不肯接手机,等到迈囊真的挂掉电话,他却大哭大闹起来,每次都要哄很久,才能平息下来。

如安在武鸣管香蕉好几年了,对迈囊来说,儿子与这个家的联系,便只是电话里的声音。一直等到过年那几天,儿子才会从电话里走出来,还原成有鼻子有眉毛有眼睛的人,有体温会呼吸的活生生的人。一家人坐到火塘边,坐到饭桌边,迈囊聊起后龙村的事,儿子儿媳聊起香蕉地的事,那些枝枝蔓蔓的闲事便自然而然地长了起来。三个孩子在一旁跑来跑去,比任何时候都要闹,每个人都看得见他们的兴奋。屋子里热气腾腾的,一家人之间,那些被时间空间拉开的空白,才又一点点被填充和唤醒。

年的味道还没散,如安夫妇又要出门去了。父母归来或离去,地宝都要大哭一场——父母归来时,他有多高兴就有多委屈,父母离去时,他有多失落,同样也有多委屈——没有人知道这些委屈,没有人在乎这些委屈。所有的情绪,全都强烈得需要大哭一场方可排遣。他舍不得他们。他是那样伤心。迈囊倒是习惯了,儿子儿媳匆匆归来匆匆离去,他独自带着三个小孩子,就像时光又回到儿子们小的时候。后龙村的人，谁不是这样过着呢，年轻人不出去找钱，日子难以过下去。

| 三 |

迈囊的气色渐渐好起来，他已经感觉不到疼痛了，那些病，也该断根了吧。我很久没问迈囊的病情了，他也很久不提，前段时间，我帮他办理了两张慢性病卡，并教他怎么使用，一张定点在百色市人民医院就诊，另一张定点在凌云县人民医院就诊。迈囊一次也没用过。这样真好。生命的倔强让人感动和欣喜。复苏起来的身体，让迈囊对生活重新有了规划，未来又变得很长了，这一年年地过下去，日子需得精打细算。山里人家，鸡是要养的，猪是要养的，牛是要养的，远的地种不了，近的地还是要种的。迈囊让如安买回一头小猪崽，又买回一头小牛崽，小心翼翼地，尝试着慢慢回到原来的生活轨道。

重活依然做不了，每天割牛草，煮猪食，喂鸡，做饭菜，动作没有之前麻利，可也总算是能完成的。在山里，时间不需要赶，每一件事都可以从从容容。后龙村的日子本来就缓慢，迈囊只不过将日子过得比别人更缓慢罢了。天气晴好时，迈囊会带地宝去捉鸟，去不了远的地方，就在屋后竹林里转转，三只狗跟在身后，一路欢天喜地。它们的基因里，还藏得有先祖的记忆，本应该是猎犬的，只是后龙村再也没有人打猎了。狗被困在竹林里无事可干，太过充沛的精力没地方撒，只好等着我上山来时，吼吼我，小罗医生上山来时，吼吼小罗医生，能跟迈囊钻林子捉鸟，也许是它们最快乐的时光了。

年轻时候的捉鸟招数，一样都使不上了，那些需要闲心和精力。迈囊没有足够多的闲心，也没有足够多的精力，复苏过来的身体，只够他在林子里拉开一张网，将一只母鸟挂在隐蔽处，用声音吸引更多的鸟前来自投罗网。大多时候，网里是没有鸟的，偶尔有傻乎乎的鸟儿撞进来，迈囊也没有了年轻时的激动。人老了，心境也跟着老了，年轻时很痴迷的东西也渐渐淡了。现在再来捉鸟，更多的只是一种习惯吧，或者说是怀旧，过去的生活如今回忆起来，苦的那部分，竟也变得令人眷恋。当然不是愿意再承受那些苦，饿着肚子，光着脚板，爬山崖捉蛤蚧的苦，后龙村上了年纪的人都知道，没有人愿意再来一次的。让人眷恋不舍的，其实是那些年轻的时光。

地宝看到套在网里扑棱棱的鸟儿，嘴巴咧开，便算是笑了，抓着迈囊的衣襟，都不肯多走儿步去看那只鸟。要是彩玉彩情在，早就开心得跳起来了。地宝心思重，快乐总像是被压抑的,心里时刻悬着一块看不见的石头。倒是那三只狗,跑上跑下,眼睛里喷射出光芒,围着那只鸟狂吠不停,像是盼了千年万年,终于等到捕获了一只猎物。

迈囊从来就弄不懂地宝在想什么,这个小娃娃与别的小娃娃不太一样,话少得让人感觉不到他的存在。也许他只是太孤单了,没有同龄人跟他玩,等以后上学就好了,像彩玉彩情一样,在学校里有玩伴,回到家彼此就是玩伴,两个女娃娃整天嘻嘻哈哈的,从不见她们愁过脸。

一直到现在,迈囊才真切体会到读书的重要,然鲁说得对,时代不同了,不识字,就跟没有了眼睛一样,一旦离开后龙村,就会寸步难行。迈囊的十个儿子,都外出打工去了,他们做的都是山工、割草、种树、管香蕉,那些都是体力活,拿力气不上算的。做体力活辛苦,挣钱也不多,可有什么办法呢,他们就识得那几个字。他们没有翅膀,飞不起来的。

迈囊从屋后抱出柴,手臂和柴一样瘦黑,他光着脚板,裤脚挽到小腿高,小腿也和柴一样瘦黑。迈囊的脚,年轻时走路太多,脚板长出厚厚的老茧,五只脚趾骨节突起,僵硬地往外撒开,像是再也合拢不过来。皲裂的口子和皱纹混在一起,深深浅浅,再也分不出彼此。迈囊喜欢打光脚板,他觉得这样舒服。

我跑过去,接过他手中的柴,迈囊便也由着我抱,跟着我慢慢走回屋里。一在火塘边坐下来,迈囊的双手便抱着腿,仍是不习惯手里空着,没拿一支烟杆。他现在不抽烟不喝酒了,医生不让。猫又回头拿绿幽幽的眼睛看我了,它倒是没逃跑,蹲在我脚边的火灰里一动不动。也许再过一段时间,它会跟我亲密起来吧,迈囊家的狗,我是对它们不抱希望了。

和玛襟一样,和然鲁一样,迈囊也越来越喜欢摆往事。那还是很久以前的事了,有一次,迈囊爬山崖捉蛤蚧,摔伤了腿。那时候然鲁还在食品公司工作,下午下班后,提着几斤猪肉,爬上盘卡屯来看他。从县城爬上来,需要好几个小时,把天都爬黑了,走到后面,只能打着火把照路。小孩子眼睛尖,大老远就看到山道里一晃一晃的火光,全都蹦跳着欢呼起来。——打着火把爬上盘卡屯的人,也只有然鲁了,而他每次到来,就意味着有肉吃。那一晚,几斤肉一锅子全煮了,切了满满一大钵。十个儿子几筷子下去,瞬间抢得精光。迈囊一块都没吃,然鲁也没吃,他们舍不得吃。然鲁吸着烟杆,装作看不到孩子们吃肉的狠劲。他是疼惜这些娃娃呢,他们阿迈死得早,日子苦得衣服都没得穿,多大了还光着个屁股吊着个小鸡鸡。迈囊倒是习惯了,这一年到头的,连饭都吃不饱,何况是吃肉呢,娃娃们正是馋肉的年纪,都恨不得把碗也吞下肚。然鲁家当然不一样了,想必隔三岔五地,就能吃得上肉吧。

那晚，然鲁又说起读书的事，迈囊仍没当一回事。那时候哪会想这么多呢，也不知道后龙村的人后来会纷纷走到山外去呀，只以为仍像以前那样，大家都守在山里，一辈辈过着同样的生活。

迈囊不耐烦聊读书，他只喜欢聊山林里的事，捉鸟、猎蜂、套老鼠，那时候年轻呀，大多时光都用来钻山林了。他痴迷那些东西。然鲁捉鸟捉不过他，猎蜂也猎不过他，便只有听聊的份，偏偏又是爱吃蜂蛹的人。后龙山鸟多，蜂也多，各种各样的蜂，小马蜂、大马蜂、黄腰蜂、倒毛蜂、地雷蜂，毒性小的，蜇一下，肿一个包，吐几泡口水抹抹也就没事了，毒性大的，蜇几下，就会要人命。迈囊不怕，他用竹签串起蚂蚱肉，放在蜂常经过的地方，用麻线系一根白鸡毛，另一端打成活套。蜂飞过，闻到肉味，就会去咬，迈囊轻轻一拉，蜂被麻线套住腰却毫不知觉，仍咬着蚂蚱肉朝窝的方向飞。迈囊盯着白鸡毛，一路追在后面，到蜂窝旁，也不急，用草或树枝打一个标志，后龙村的人一看，就知道这窝蜂有主了。到了秋天，蜂产下卵，长成白白胖胖的蛹，迈囊才趁着夜色，点燃一把干草，将守在窝外的成年蜂烧死，把蜂窝背回家，抠出蜂蛹和幼蜂，带下山，让然鲁炒了下酒。

年轻那时候，双手双脚有力就能飞翔，可现在，只有把书读好了才能飞翔。然鲁家的孩子读书厉害，全都考上大学，成了公家人，而他的十个儿子却只能打山工。也很难说，到了孙子这辈仍得打山工，谁知道呢，这些娃娃都不怎么读得进书。

彩玉彩情周末一回到家，守在电视机前就挪不动了，迈囊叫她们做作业，她们像是没长耳朵，头都不转回来看他一眼。她们学习成绩都不好。迈囊唠叨两句，便也罢了，那些课本他也看不懂，孙女们作业做得对不对，他也不知道。

| 四 |

再次去盘卡屯，我给三个孩子买了几本书，一些关于童话、神话，还有关于动物、植物的儿童读物。一个人的童年是需要想象的，这些书籍会让他们的内心变得丰盈。

彩玉彩情把书摊在膝盖上，一页一页慢慢翻，这些书学校图书室里都有，也不知道她们可曾看过。地宝拿着书，手掌在封面上摩擦，他应该是第一次拥有属于自己的图书吧。我把地宝搂在怀里，拿过书，一字一句读给他听。地宝的眼睛跟着我翻页，仍然不说话，可我知道他是喜欢的。彩玉彩情凑过来，坐到我身边一起听我读，眼睛明亮，想来孩子们还是喜欢书的，只是少了一个陪他们阅读的人。迈囊坐在一旁，笑眯眯地看过来，眼睛里满是欢喜。

过年那几天，如安回来，给三个孩子一人买了一部手机，说是移动公司搞活动，手机大优惠，一部只需一百多元。香蕉收成好，如安夫妇挣了一些钱，心里高兴，便想着给孩子买一些特别的礼物。他们长年不在家，心里欠孩子，每次回来都给孩子带礼物，衣服、玩具或是一些零食，像这样花上一百多元买手机玩的，还是第一次。三个孩子兴奋不已，就连地宝也激动起来。手机没装电话卡，通不了话，是用来打游戏的。迈囊不懂这些，他只知道这三个孩子玩手机玩痴了，一天到晚捧着个手机，饭也不愿意吃，觉也舍不得睡。

家里热闹没几天，如安夫妇就回武鸣管香蕉去了，余下的日子又丢给迈囊。等他们下次回来，就会看到孩子们猛然又长高了一节，像春笋，睡一觉醒来就噌噌噌地拔节，而这一过程的艰辛，是迈囊一眼一眼看过来的。那是一地鸡毛，如安看不见的。

三部手机，把三个孩子给淹没了，也把迈囊的声音给淹没了，没有人听得见他说话。彩玉彩情周末放学回来，电视也不看了，抱着手机，傻子似的自己笑自己叫。地宝没姐姐们闹，脸上的神情却也是痴迷的。迈囊进门出门，都看到三个埋头玩手机的孩子，便叹起气来。他说过如安的，说不应该买手机给小孩子玩，他们迷手机，更读不进书了。如安听得漫不经心，说现在谁家娃娃不玩手机呢，以后长大了也是要用手机的,让他们开心一下,没什么大不了的。迈囊便不再说话。钱是儿子挣来的,儿子说了算。这个家换成如安当家后,迈囊就变得有些小心眼了,总会不自觉地揣测儿子儿媳的脸色和语气。有时候,儿子儿媳一句无心的话,也会让他想老半天。这些感受他从来不跟儿子说,也不知道儿子会不会觉察。

迈囊说着手机的事,不自觉地叹了几声,我抬眼往屋里环顾一圈,便看到我送的书了,胡乱塞进柜子里,有一本掉在地上,已脏得看不清封面。我把它捡起来,拿着穿过狭窄的通道,到砖房那头去找地宝。地宝跨骑在门槛上,低头玩手机。我喊地宝——,他头也不抬,我喊地宝地宝——,他抬头了,看我一眼,又低下头,继续玩手机。我听见手机里传来很萌很诱惑人的声音,探眼看,屏幕上很热闹,游戏鏖战正酣。

我买的书,终是败给手机了,也许我败给的,只是一个能陪孩子们阅读的人。

进入春天,村里的猪开始接二连三地死去,后来才知道是猪瘟爆发。养得有猪的人家忧心忡忡,猪已死去的,便在驻村工作队、村干的帮助下,拉出去深埋了,猪还活着的,也赶紧杀了卖肉吃肉。迈囊舍不得杀,猪还小呢,要一直养着,等儿子儿媳回来过年时才杀。他放心不下猪,一天几趟地往猪圈跑，猪养在离家十来步远的地方，一个用木板围成的圈里。猪躺在脏兮兮的泥地里，阳光落到身上，它闭着眼，不时哼哼。听见迈囊的脚步声，立马爬起来，趴到猪栏上，伸长脖子嚎叫着，要讨吃的。迈囊心里高兴，便往猪槽多添了几瓢猪潲。它吃得越欢，他越放心。一直到猪瘟疫情结束，迈囊的猪仍好端端的。也许，一场猪瘟过后，那是整个屯唯一幸存的猪了。

秋天到来时，地宝上学了。迈囊带他到后龙村中心小学注册，又带他下县城买新书包新文具盒。书包是地宝自己选的，深蓝色，奥特曼图案，文具盒也是地宝选的，仍是奥特曼图案。铅笔、橡皮擦、尺子、转笔刀，彩玉彩情说一年级学生应该用什么，迈囊就买什么，文具盒都快装满了。

书包很大，地宝背在身后，只看到他小小的头和短短的腿，走路的时候，笔、尺子等在文具盒里四处撞击，文具盒又在书包里四处撞击，便会发出"多多多"的声音。老师还没发新课本，书包很空，地宝把我送的书装进去，响声便厚重沉闷起来，"噗噗噗""噗噗噗"。

等待开学上课那两天，地宝一天到晚背着书包，"噗噗噗"的声音，便跟着他，从砖房响到瓦房，又从瓦房响到砖房。

| 五 |

离年还很远的时候,如安夫妇回来了,是逃回来的,瞒着老板,天还没亮就骑着摩托车,一路飞奔回来。香蕉病了,叶子发黄,一天天萎下去,便死掉了。往年香蕉也生病,喷几次药就会好,这一次却怎么也好不了,只能眼睁睁地看着它们大片大片地病死。工人们陆陆续续离开了。没有希望的,继续待下去,这一年都是白费。

在香蕉地干活,老板每个月只给一千多块钱的伙食费,工钱都是等年终了才结算的。辞工的人,老板克扣下当月的伙食费,他们什么都没得到,两手空空地离开了。几个后龙村人商量,等老板一发伙食费就走,前面已经干的那几个月,就当白干了,可伙食费还是要拿的,否则太亏了。耐着性子等到发伙食费,如安他们便骑着摩托车,悄悄离开了。不能给老板知道的,否则,他会叫他们把伙食费退回来。

如安坐在火塘边聊这些事,笑得有些腼腆,也许是因为我也在一旁吧,他有些拘谨。地宝长得像他,五官像,性格也像,父子俩都闷沉沉地不怎么说话。我们全都笑,为几个后龙村人生起的这点小智慧而得意。如安妻眼睛很大,乌漆漆的很好看,背陇瑶人很少长这么大的眼睛,我只看一眼,便记住了她的模样。想着他们一路飞奔,揣着那一千多块钱的伙食费，几个月打的工，便只挣这一千多元了，还是花了心思才拿到的，便不由得黯然。而那老板独自面对一大片死去的香蕉，内心也是悲苦。每个人都不容易。可是无论如何，如安和妻能拿回这些钱，还是让人感到些许安慰。

在家待了几天，如安夫妇便坐不住了，这一天天地闲下去，心是慌的。夫妻俩出门帮人割了半个月的草，又到木具厂帮晒了几天木板，活儿零零碎碎的，都干不长久，便又跟着几个同村人去了深圳。本来计划是要起房子的，地基已和人换好了，就在接近山脚的一道缓坡上，那里地势开阔，离路也近，一家人都很满意。这一年虽然不太顺，可房子还是得想办法建起来，盘卡屯已搬得没剩几户了。

在如安夫妇东奔西跑四处打零工时，我帮他们家申请了产业奖补，劳务奖补。我有迈囊一家人的身份证、户口簿、银行存折等证件的复印件，他们所应享受的扶贫政策，我都能帮着跑跑腿。如安甚至把银行卡密码也告诉我，我自然是不需要的，没有哪一项政策的落实需要报上贫困户的银行卡密码。被他们这样信任着，让我感觉温暖，也感觉压力。

地宝感冒了，咳得厉害，吃不下饭。迈囊把他带到医院，打了几天针，仍不见好，便慌起来，打电话给如安，如安也慌起来，夫妻俩从深圳匆匆忙忙赶回来，把儿子送到县人民医院。看着地宝慢慢又能吃得下两碗饭了，把他送回学校，才又出门找工做，深圳是不能再去了，那里太远，不放心地宝。

迈囊养的鸡长大时，年又准备到了，几十只鸡，放养在竹林里，每天撒几瓢玉米籽，余下的让它们自己找食，鸡们野生野长，倒也蛮壮，每一只都毛色金亮。如安把它们装进笼子里，用摩托车拉到县城卖。他在大街上给我打电话，说你在哪里？如安极少打电话给我，一看到他来电，我就猜不一般。我说如安怎么啦？如安说，我拉鸡来县城卖，阿卜让我拿一只给你。我说，我不要的，我也不在县城呢。如安便嗫嚅起来，不知道说什么好。他是一个不善言辞的人，我也是一个不善言辞的人，两个不善言辞的人是容易读得懂对方的。怕他尴尬，我又说，谢谢啦，真的不用给我啦，我不爱吃鸡肉呢。

其实我就在县城，在离如安不远的地方。我打电话给一个朋友，拜托他帮我去跟如安买鸡，就想着能帮他销一只是一只。——其实我也想尝尝如安家的鸡，它们那么野，看起来就是一副很好吃的样子。我把如安卖鸡的信息发到微信群里，那是一群文学爱好者，也几乎都是帮扶干部，我们常在群里聊文学。帮扶干部大多都帮贫困户推销过产品，我们常互相捧场。如安的鸡很快卖完了。

晚上迈囊打电话给我，他说，小南你帮如安卖鸡哦。我说没有呀，你怎么知道呢。迈囊说，买鸡的人都说是你介绍来的。我便笑。迈囊说，你帮我这么多，我给你山茶油，你不要。给你鸡,你也不要。都是阿冒自己种自己养的,有哪样要不得的哟。

我说帮阿冒是应该的呀,东西我不能要的,伍书记莫县长会吼我呢。迈囊便笑,说,那女书记这么严格呀。我说是呢,莫县长也严格。

六

顺着看时光,它是漫长的,而逆着看,它却短暂得好像只是一瞬间。现在说起2016年,我会蓦然心惊,那都是五年前的事了。

我能记住的是春天,是夏天,是秋天,我极少能记住冬天。凌云的冬天有时候像春天,有时候像夏天,唯独不像冬天,因此我的记忆里,每一次爬坡入户,要么是大汗淋漓,要么是大雨淋漓。

玛襟说,等你们把后龙村都走遍了,石头被脚板磨得跟玉一样光滑了,你们的双脚就会长出翅膀来。于洋和刘贵礼的双脚长出翅膀来了吗?还有石浩宇、农建坤,以及更多的人,他们的双脚都长出翅膀来了吗?后龙村的路,我走了五年多了,我感觉,我的翅膀正挣扎着,要从我的脚板心长出来。

后　记

他们，我们

后龙村在山上，凌云县城在山下，抬头低头间，便能看到彼此。我们常见村民穿着古老的服饰，扛着柴，赤着脚走下山道。我们常看见他们，却从来不了解他们。这个背陇瑶聚居的村寨，是广西最贫困的村之一，石漠化面积达92.6%，全村2269人中就有2038人是贫困人口。20年前，我曾无数次来到这里，摄影、采集民间歌谣；20年后，我又来到这里，跟着第一书记、驻村工作队、村两委，一遍遍走村串户。那些从遥远巴拉山迁徙而来的背陇瑶人，至今仍传唱着《背陇瑶迁徙古歌》，苍凉的歌调，千百年后仍让人动容。

我常想起2015年夏天，我们走村入户，根据村民的财产打分,评定贫困户。那时候,我并不知道未来会发生什么,也不知道,脱贫攻坚,这场历史将会铭记的战役,我们已经参与。

那位我进村后最初接触到的老人,六十多岁,耳朵聋了,怎么大声说话都听不见。他的妻在一旁讲啊讲,老人也一直讲啊讲,他独自讲他的,我的话他一句也听不见。傍晚我回到家,收到他发来的手机短信,说他耳聋体病应该享受低保,可村干不给,村干故意为难他。我很无措,不知道应该怎么办。我能感觉到,他们信不过村干。那个时候,村干这个群体,我极少接触,于我而言,他们是陌生的。

他们信不过的还有乡镇工作人员。我的联系户中,有一位老人得了大病,家里有四个读书的孩子,日子过得沉甸甸的。我便想着帮他申请低保。低保需要联系户本人拿材料去办理,同事开车下村时,我拜托他帮我把户主载到乡民政办,这之前,我已联系过民政办主任,确定他在办公室。那段时间,扶贫工作很重,几乎每天都下村,办公室常找不到人。下午我正忙着,那位户主打来电话,怒气冲冲的,说乡里根本没人上班,办公室关着门。他骂了几句粗话,是骂民政办工作人员的。我感觉很受伤,仿佛他骂的是我。我知道他们根本不是他骂的那个样子。

我说你先别乱骂,了解情况了再说。我打电话给民政办主任，他说临时接到任务，下村了。主任的声音里满是疲惫，我又愧疚起来。那段时间，工作状态常常是白天走村入户，夜晚做材料，大家都很疲惫。我说，那我让他明天再来。主任说，让他稍等一下，我正赶回来，就快到了。

我又打电话给联系户，叫他多等一下。心里终是不平，便忍不住多说了几句，叫他以后不要乱骂，先弄清楚情况再说。他很不好意思。我知道他没有恶意，只是习惯性质疑，那些粗话也不过是村人习惯，张嘴就来。我都能理解的，可我仍然觉得悲哀。我们常常无端被质疑，被责骂，有时候根本不需要理由。我想，工作人员与群众之间，一定有着误会，我们都太缺乏沟通和对彼此的体恤。

不久后，低保办下来了，B类低保，每人每月有265元补助，一家八口，一个月有两千多元的低保金。这对一个贫困家庭来说，是一大笔钱。

那年秋天，我第一次走进另一户联系户的家里，满屋檐的黄豆蒿子，满院子的黄豆蒿子，黄澄澄的，让人看了心里温暖莫名。那个眉目清秀的男孩子，乖巧安静地偎在奶奶怀里，他仰着脸，白皙干净。一直到他吃东西，露出一脸凶相和痴相，我才知道，那是一个脑瘫儿。在秋天最富足的时候，我看到一个负重而行的家。

2016年，我有19户联系户，2017年又调整为5户。六年时间里，我帮扶联系过3个村二十几户人家。我看到很多很多刃——每一种凌厉都是刃，每一种柔弱都是刃，每一个人都是刃。他们将刃朝向我，让我无力，可我知道，他们更无力。

六年里，我们扎在村里，我的同事，我的朋友，全都是帮扶干部。作为帮扶干部和后援单位负责人，我常和第一书记、驻村工作队、村两委在一起。村里的事顺畅时，我们一起开心，村里的事不顺畅时，我们一起被约谈，被问责。我和他们共同经历着开心、难过、无奈、委屈。

那个无父无母、名叫阿近的男孩子，很多年前，就在山林里晃荡了。我们见到他的时候，他17岁。他胆怯敏感，害怕见生人，在路上相遇，他会飞快爬上树，抱着树干一动不动，仿佛他闭上眼，我们就不存在，所有的伤害都不存在。婶婶把他关在房间里，他把东西全部打烂，破门而出。他是个精神病患者。救助他并不容易，县里镇里民政部门的工作人员、第一书记、驻村工作队、村两委，十几个人，一大早就爬到山上去，费了很大劲才找到他，并把他送到市精神病院。我记得他蜷成一团，蹲在地上，惊恐地看着我们，像一只受伤从树上摔下来的小鸟。我永远忘不了那双眼睛。

我有一户联系户没交城乡居民基本医疗保险，村干告诉我，期限快过了，而我多少次去到村里，从不曾见过他们。

医疗保险关系着一家人的健康保障，非常重要，拖延不起，我便掏钱帮他们垫付了。后来一个下着大雨的晚上，为着什么事，我们又去到村里，村干骑着摩托车，冒雨一户一户通知，他们便也冒雨，一户一户来了。那时候村里还没有手机信号。我第一次看到他，那个清瘦的户主。他说他会还我垫付的钱，我并不十分相信。后来我入户时他又说了一次，还叫我留账号给他，我没留，因为我看到他的妻和三个孩子，全都纸片一样单薄，仿佛吹一口气就会飞走。那对单薄的夫妇有一天来到县城，拿着现金，要还我钱，我收下了。我看到了他们的尊严。夫妇俩以赶骡子为生，早出晚归，我曾看见他们一人骑着一头骡子，在弯曲狭窄的山道上。

那个80后第一书记，满头白发，他来到村里时，孩子刚刚一岁多。有一次扶贫督查组来督查，访谈时，他说起刚刚找到的那个辍学生，后来，督查组把这名辍学生当作问题，列进通报里。县教育保障专责小组领导来到村部约谈我们时，年轻的第一书记委屈得眼泪盈眶。我很难过。

还有一位第一书记，百色市委组织部选派来的苏勇力，北京大学研究生，在凌云驻扎了七年，从一个村到另一个村再到另一个村。在一个严冬的晚上，他下到村里召开群众会议，发动大家发展油茶产业。散会时已是晚上十点，天黑路滑寒风刺骨，他开着车走到半路，蓦然发现车后尾随着一辆摩托车，他知道那一定是队长。他停下车，劝队长返回，队长仍一路尾随护送。

这样的点点滴滴还有很多，它们温暖我们，感动我们。

脱贫攻坚是一项庞大繁重的工程，我没有能力说清全部，甚至是一个县抑或是一个村，我都没有能力表述完整。两不愁三保障，党和国家给我们的任务就是这几个字，却是民生的全部。

我能感受到的是一群血肉丰满的人，在我闲暇时，跳出来，跳出来，他们想要说话。而我也想要说话。

罗　南

2021年3月28日

2005年,陇兰屯瓦房、茅草房杂陈 李彩兰/摄

2019年,陇兰屯公路通达,楼房林立 罗南/摄

2010年,茅草房改造成瓦房之后的陇喊屯　向志文/摄

2019年,瓦房改造成楼房之后的陇喊屯　罗南/摄

2005年，陇设屯全是笆折房和茅草房
（泗城镇供图）

2005年，后龙村人睡觉的地方　向志文/摄

2019年，陇设屯全是砖混结构的楼房　罗南/摄

2004年,陇署屯入眼尽是茅草房　罗喜邦/摄

2007年,茅草房改造成瓦房之后的陇署屯
秦萍/摄

2019年,陇署屯楼房林立　罗南/摄

2020年,陇署屯建有球场及戏台　向志文/摄

2005年,后龙村小学校舍　李彩兰/摄

2020年,后龙村中心小学校舍　罗小凤/摄

2010年,盘卡屯仍是清一色的茅草房　肖运宏/摄

2019年,凌云县易地扶贫搬迁安置点——茶产业园,搬迁后,盘卡屯有部分村民住在这里　罗南/摄

后龙村原始取水方式　肖运宏/摄

陇设屯的地头水柜,修建好的饮水水柜全部加盖完成,给群众饮水安全提供强有力的保障　林军/摄

央瓦家的旧房子　罗南/摄

央瓦一家现在住在这里，凌云县易地扶贫搬迁安置点——幸福家园　熊桂余/摄